おから猫

西山ガラシャ

集英社文庫

目次

おから猫

序

名古屋城の南方、前津（まえづ）の地に、古ぼけた神社がある。

「おからねこ」とか「猫神社」と呼ばれ、願掛けに来る人があとを絶たない。

伝説によれば、「おからねこ」とは、牛と馬を束ねたくらいの大きさで、背中に草木が生えている。風雨を避けず、暑さ寒さを恐れず、一言も声を立てぬ獣である。おからねこに願い事をすると、たちまち願いが叶（かな）う、とか。

噂（うわさ）を聞きつけた者が、ものはためしと参拝する。すると、気づいた頃に願いが叶っている。また神社に行く。いつのまにか再び願いが叶う。

人々は霊威に平伏（ひれふ）し、祀（まつ）られた神について知ろうとする行為自体が不遜だと気づいて、由緒を調べる人もいなくなってしまった。

神社の境内には、よく猫が寝そべっている。

今日も、運を開きたい人が参拝にやってくる。

第一話　盆踊りは終わらない

一

早朝から線香の匂いが狭い路地に溢(あふ)れ出ていた。尾張(おわり)名古屋・日置村(ひおきむら)の民家では、奉公に出ていた年若い娘たちがお盆で家に帰っているのか、賑(にぎ)やかな声が道まで響いている。

享保(きょうほう)十八年（一七三三年）七月は、二十二歳の若い喜八(きはち)でも身に堪(こた)える暑さだった。

間口の広い家の前を通れば、開け放たれた部屋の向こうの中庭までもが見渡せた。仏壇の脇には大きな提灯(ちょうちん)が左右に置かれ、白い煙がうっすらと漂っている。お精霊(しょろい)様のお迎え支度をしつつも、夫婦、親子で骨休みでもするのだろう。

世間(せけん)様がどうであれ、喜八に盆休みはない。生業(なりわい)は、畳の仕立てで、今日も忙しくなりそうだった。

喜八は母を早くに亡くした。無口な父と年の離れた兄との男三人暮らしは質素なもので、明るい話の一つもない。

だが喜八は最近、胸の内にとんでもなく大きな華を抱えている。飴屋町(あめやちょう)の妓楼(ぎろう)、「花(はな)

村屋（むらや）」で出会った由女小（ゆめこ）という名の女が、いつも脳裏に浮かんでいるのだ。由女小は十九歳だが、花村屋の人気女郎で、世間でも評判だった。

　黒目がちで気品を感じる顔かたち。首から肩にかけてのなめらかな輪郭と白いうなじ、艶（つや）やかな黒髪や、何より温かな指先が、喜八の心を捉えて離さない。

　出会いは梅雨の晴れ間のある日のこと。花村屋の畳替えの下見のため、喜八は楼主を訪問した。だが楼主は急用ができたとのことで不在だったため、小僧の吉蔵（よしぞう）に案内された。慣れない妓楼に緊張しながら、畳替えをする予定の部屋に入った折に、由女小が慌てた様子で飛び込んできたのだ。

　少々困り顔をした由女小であったが、一目で人気の女郎だとわかるほどの艶（あで）やかな光を全身から放っていた。座敷に入ってくるなり襖（ふすま）をきっちりと閉めた由女小は、吉蔵の元へ駆け寄った。何やら急な病ということにしてほしいと懇願している。まだ日没前だったが、嫌な客につきまとわれていると言う。吉蔵は慌てた様子で喜八に、しばしお待ちをと言い残して立ち去った。喜八は由女小と部屋に取り残された。

「ごめんなさいね。吉蔵が戻ってくるまで、ちょこっと、ここで待たせてちょうだい」

　由女小は、脱力したかのようにぺたんと畳に座り、肩で息をした。

　突然に初対面の女郎と二人きりになった喜八は、なんと答えたらよいか言葉を失い、緊張して目すら合わせられなかった。

「あなた、畳屋さん？」

由女小が沈黙をやぶってくれた。

「そ、そうです。喜八と言います」

喜八が俯き加減のままで答えると由女小がさらに問いかけた。

「畳替えをするの？」

「た、畳表が擦り切れとると、着物の裾が傷つくといかんもんだで、と、取っ替えると聞いとります」

言葉が滑らかに出てこなかった。

「まだ綺麗な畳に見えとるのにねぇ」

「よう見ると、ささくれ立っとるでしょ。ほ、ほら、ここらへん」

喜八は腰を屈めて右手の指先で、畳に触れた。由女小の目が、喜八の指し示した部分に注がれたものの、やがて視線は喜八の手の甲へ移った。

「畳より、手のほうがささくれ立っとるがね。血が滲んで痛そう」

い草や藁を扱うせいで手は常に乾いて、甲にも掌にも細かな切り傷ができ、ひび割れている。指の関節の皮が厚く盛り上がり、擦れて皺もなくなり、紫色っぽく光っている。

「畳屋の手など、皆、こんなもんだで」

「職人さんの手だね。よく見せて」

由女小が喜八の手に顔を近づける。その折、ほのかに白檀のような香が漂った。由女小の白くてなまめかしい指が、喜八の手の甲に重ねられた。鼓動が、さらに高鳴った。

「人の手の温もりは、傷を癒やすのよ。ひび割れが治りますようにと念じると、本当に治るの」

おまじないのように、由女小が両手で喜八の右手を包んだ。その温もりは、喜八の心ノ臓にまで達して胸も頬も熱くなる。

「優しい人だなぁ。だからこんなに手が温といのだね」

じんわりと湯に浸かっているような心地になり、思わず由女小の手の上にさらに左手を重ねたら、由女小が顔を赤らめて喜八を見上げた。目が合い、わずかの間、見つめ合っていた。直後に喜八は、はっと我に返って手を引っ込めた。自分はいったい何をやっているのか。

「急に引っ込めんでもいいのに。優しい人って言ってもらえて、嬉しかった。喜八さんも優しい人だってこと、よおくわかるわ。わたし、由女小と申します」

頭を少し下げ、はにかんだような笑顔を見せた由女小が、再び喜八を見つめた。

「そういえば、七月になったら、今年は盆踊りが盛大に催されるって知っとる？」

尋ねる由女小の瞳が輝いていた。

「知っとるよ。踊りにいくの？」

「楼主からのお許しが出たらね。行きたいなぁと念じとるの」

妓楼の女郎は、もっと近寄りがたい存在だと思っていたが、美麗な身なりからは想像もつかぬほどの親しみを感じた。不思議と話が途切れず喋(しゃべ)り続けていたら、吉蔵が戻ってきた。

「おや。お二人が今、見つめ合っておりゃぁたように見えたんですが……」

吉蔵が発した言葉を聞いたら、喜八は急にまた顔が火照(ほて)った。よほど赤かったのか、由女小が喜八を見て楽しそうに笑った。

その日から、喜八は由女小のことを考えぬ日はない。鼻の奥と脳味噌(のうみそ)が、由女小の匂いと、やわらかな手の感触、声の調子までも覚えている。

妓楼に囲われた由女小が、いずれどこかの金持ちに身請けをされるかもしれないと考えるだけで、いてもたってもいられなかった。

（おれが由女小を身請けしたい。由女小と夫婦(めおと)になりたい）

とてつもなく分不相応な欲望が湧いた。今のままでは、由女小を身請けするなど百年経(た)ってもできぬこと。何がどう変われば、由女小とともに暮らせるか。針の穴ほどであっても一縷(いちる)の望みがあるならば、是が非でもその手段を探しあてたい。神にすがってでも。

だから今日は、畳屋に向かう前に、前津(まえづ)のおから猫神社に寄ると決めている。普段よりも早くに家を出た。陽射(ひざ)しが朝から強く、神社に着く頃には汗だくだった。

おから猫神社の鳥居の前には、数段の石段があり、その先の小さな社の側(そば)には鬱蒼(うっそう)と茂る木がある。木の幹には、いったいどれほどの蟬(せみ)が集まっているのか、無数の鳴き声を頭上から浴びた。

喜八は社の前で頭(こうべ)を垂れ、手を合わせた。

「どうか由女小と夫婦になれますように」

神頼みしかできぬ自分が不甲斐(ふがい)ないが、喜八は必死だった。

深く拝礼したあと、顔を上げれば社の屋根の辺りから視線を感じた。

「猫がいる」

思わず喜八は声に出した。白と黒の体毛で、背中の一部とおでこが黒い。妙に毛が艶やかだ。愛らしくもあり神々しさも感じる。まるで神様と対面したような心地である。

「おれの願い事を聞いていた？」

すると猫は短く「にゃ」と声を出した。

神社で祈ったあとは、汗を拭きながら来た道を戻って、畳屋へ向かう。

堀川(ほりかわ)に架かる日置橋(ひおきばし)は、百歩も歩けば渡れる橋だが、ちょうど渡りきったところでいつも、い草の匂いがする。畳屋は橋のすぐ側にあるのだ。

店に到着するやいなや、仕事にとりかかる。今日はお盆のあいだに畳替えをしたいと望む料理屋の畳を仕上げる。上得意様の畳だ。

親方の庄三郎が、店の奥から見ているのに気づき、注意深く手を動かす。庄三郎は、肉付きがいいだけでなく、上背もあって大柄だ。目方は、痩せた喜八の二倍近くありそうだ。

世間では、ずいぶん頼りにされている親方だが、弟子にはめっぽう厳しい。畳の仕上げ方が気に入らないと、火を噴くように怒る。だから喜八が仕上げる料理屋の畳にも、目を光らせている。

そろそろ昼飯にするかという頃、ちょっとした騒動が起きた。

一匹の猫が店に入り込んだのだ。見覚えがある、白と黒の体毛の、おでこが黒い猫である。

(ひょっとして、今朝、神社で見た猫だろうか)

呆然としている間に、猫が素早く走って真新しい畳の上にひょいと乗ったものだから、喜八は肝を冷やした。

(どうか、そっと降りてくれ)

(畳に爪をたてずに、どうか静かに降りてくれ)

祈りむなしく、猫の爪は畳にめり込み、直後、猫は右の爪、左の爪を交互に畳の表面に引っかけながら、豪勢に爪研ぎをしてしまった。バリバリという音とともに、畳の表はささくれ立ち、喜八は絶望した。

背後から声を上げた庄三郎の怒声は雷鳴に近く、猫が一瞬、固まったかのように見えた。すでに昼飯を食べ始めていた別の職人二人が、何事かと走り出てくる。猫は庄三郎に対して低い姿勢をとったかと思うと、店から一目散に走り逃げた。

庄三郎の目は、傷つけられた畳に注がれた。仁王像の形相で顔はすっかり紅潮している。

猫は、向かいの菓子屋の脇にある塀から二階の軒先へ跳び上がり、人間を見下ろしていた。庄三郎は肩を怒らせ店から外へ出ると、振り返って喜八ら職人三人に言い渡す。

「いいか。猫を必ず捕まえろ。容赦は無用」

火を噴きそうな庄三郎とは裏腹に、猫は二階の窓枠の日陰になっている狭いところにごろりと体を横たえた。前脚の毛を舐め、悠長に毛繕いをはじめたと思ったら、一瞬、動きを止めて人間を見た。「してやったり」の観が漂っている。

庄三郎の目がつり上がった。

「彼奴を捕まえ、見せしめにしたる。けっして猫が店に近づかぬようにしたる」

喜八は、あの猫が今朝、神社で出会った猫のように思えて仕方がなかった。もしそうなら、喜八の願い事を聞いていたはずだ。まさかとは思うが、猫神と言われる「おから猫」かもしれない。喜八のあとをつけてきたのだろうか。

「親方。あの畳はわたしが仕立て直しますから、どうか猫は勘弁したってください」

庄三郎の怒りの矛先が、にわかに喜八に転じた。

「なにぃ？」

短い言葉とともに庄三郎が喜八との距離を詰めた。喜八は一歩、後ずさる。

「幸い、縁の部分は無事なようですから、猫はご容赦ください」

面と向かって、親方に対してきっぱりと物申したのは、はじめてだったかもしれない。言いながらも、喜八は自分の足が震えているのを感じた。

庄三郎が汗をまき散らしながら詰め寄った。

「あの畳はな、わしが京にまで行って買い付けた極上の縁がついておる。縁までやられとったら、取り返しのつかぬ事態になっとったわ」

畳の格は、縁で決まる。縁には錦糸の唐織にて鳳凰の模様が浮かび上がっている。尾張ではちと名の知れた料理屋の、特別の間に納める畳である。料理屋には、三年前に江戸からやってきた殿様がお忍びで訪れるという噂が流れていた。

「世の道理を知らん猫だもんで、しゃぁないです」

なんとか猫を許してやってほしい一心だった。

「おまえ、猫になんの恩があるんじゃ」

喜八は口ごもった。おから猫の伝承――おから猫が人間の願いを叶えてくれる――が、頭に浮かぶ。だが、猫嫌いの庄三郎には言えなかった。

庄三郎が続けた。

「猫に情けをかけるなんぞ、畳職人にあるまじきこと。わしゃ、何としてでも、あの憎らしい、したり顔の猫を捕まえて、ひねり殺したる」

「……。親方。猫は、化けて出ます」

「化けてみろってんだ。だいたいな、喜八の、その言い草が気に障る。おめぇは師匠のわしより、猫の味方か」

黙る喜八とは反対に、庄三郎の不満は噴き出るばかり。一度火を噴けば、なかなか鎮まらないのは常のとおりだ。

「喜八はな、情にほだされやすい。猫の話をしとるんじゃねぇぞ。人間に対しても、だ。わし、おまえの優しさが、おまえの人生の仇になるんじゃねぇかと、常々気を揉んどるわ」

猫の話から、あっという間に喜八自身の話にすり替わってしまった。喜八が言葉を発しようとするも、隙あらず。

「猫をつけ上がらせる奴は、人間に対しても毅然とした振る舞いができん。親心で忠告したる。とくに女子には、気ぃつけないかん」

「お、女子ですか」

「心あたりが、あるだろうよ。大ありだろうよ」

喜八はドキリとする。親方の庄三郎が由女小のことを知っているはずがないのだが。

「女」の言葉が出たから、弟弟子の二人が急に興味深そうに寄ってきた。

「えっ。喜八っつぁんに、惚れた女がおるの」

「やっぱりそうか」

茶化す弟子たちを喜八は振り返った。

言い返そうとするものの、言葉が口から出てこない。

「いや、あの……」

喜八の慌てぶりに、庄三郎がにやりとする。

「喜八。おまえの頭の中なんぞ、みぃんなお見通しだ」

皆の目が集中するから、この場から逃げ出したい気持ちになった。そのとき、軒下で猫を見張っていた職人の一人が声を上げた。

「親方、猫が降りてきました！」

正直者の弟子が庄三郎に告げ、炎天下の中、猫を追いかけた。すぐさま庄三郎が敏捷な動きで、猫を追う。

驚いたのか、猫が右に逃げるか左へ避けるか迷うような動きをした。その隙を逃さず、庄三郎が捕まえた。猫の胴体をがっちりと摑んでいるので、喜八は思わず声を上げた。

「お願いです。やめてください」

猫は激しく四肢を動かし身をよじっている。

「へん。捕まえたぞ。さてどうするか」

喜八は庄三郎の腕から猫を無理やりに奪おうとした。

「猫を貸してください。お願いです。猫はどうか」

すがるようにして懇願する。

「何するんじゃ」

取り合いをしているうちに、猫は身をよじって喜八の胸を蹴り、ものすごい勢いで走り去った。

「逃げてまったが。どうしてくれる」

庄三郎にすごまれて、我に返った喜八は縮み上がった。

「ね、猫が憐れで……」

「憐れだと？　呆れてものが言えんわ」

憤然として庄三郎は、奥へ引っ込んでしまった。ささくれ立った畳を、落ち込みながらも喜八が丁寧に仕立て直した。

翌日。

畳の依頼主の料理屋に、庄三郎みずから職人たちを連れて出向いたが、喜八だけは留守番を命じられた。

「今日はしっかりとおまえが見張っとれよ。わかっとると思うが、右に置いてある畳は、橘町の鈴木様のお屋敷に納める大事な畳である。猫などけして店に入れるな」

喜八は深く頷いて低い声で答えた。

「しっかり見張っとります」

庄三郎と職人の三人が、畳を運び出して、喜八だけが店に取り残された。

しばらくすると、花村屋の小僧の吉蔵が店に姿を現した。意中の由女小がいる店の者だ。

吉蔵の顔を見ただけで由女小のことを思い出し、喜八は猫の爪研ぎ事件など忘れてしまうくらいには、晴れやかな気持ちになる。由女小の話が聞けるかと、思わず吉蔵に駆け寄った。

「喜八さん、まいど。なんだか難儀な騒動があったようですね。実は昨日も来たんですが、親方さんが、カーッとなっておられる最中のように見えましたんで出直しました」

「実は猫が店の畳を傷つけて……。いやいや、そんなことはどうでもええわ。由女小さんに何かあったんかい」

問うと吉蔵は、誰もおらぬのに耳元で囁く。

「今宵、広小路の盆踊りに来てほしいのですが」

「行く！　必ず行く。夕刻には店の者たちが戻ってくるだろうしな」

盆踊りに行きたいと由女小が話していたのを思い出す。

今度は喜八が囁き声になる。

「盆踊りに行くと、由女小さんに会えるかい？」

声に出すと一層、喜八の胸が高鳴る。実は今日までのあいだに、吉蔵が二度ほど、由女小の遣いをして、文を届けに来てくれた。美しい漉き紙に、またお逢いしたいと書かれた由女小の文字を、喜八は祖父の形見の文箱にこっそり隠し、毎日取り出しては眺めている。喜八からは、い草を編んで作った団扇を贈った。吉蔵が言うには、由女小は団扇を気に入って、いつも喜八の団扇で涼を取っているという。

「由女小さんが喜八さんに会いたいと言うものだから、こうしてお伝えに来たのでございます」

お殿様（徳川宗春）公認の三遊廓（西小路、富士見原、葛町）とは離れた場所にある花村屋だが、由女小の評判が良く、たいそう繁盛しているらしい。その由女小と、二度目の逢瀬ができるとは。早くも、おから猫神社のご利益だろうか。

「嬉しいなぁ」

「お殿様が盆踊りを奨めておられるご時世ゆえ、楼主が許せば女郎も外を歩けますから、ぜひ喜八さんとご一緒に」

「ああ、今すぐ盆踊りに行きたい。早う夕方にならんかなぁ。一刻も早う由女小さんに会いたい」

「尾張だけでございますよ。お江戸は公方様（徳川吉宗）の質素倹約で民は疲れ、吉原遊廓などは、女郎が盆踊りに行くなど天地がひっくり返ってもありえんと聞きました。お殿様が、御国許の尾張だけは、老若男女、貴賤を問わず、景気よう愉しめる極楽の国にしてくださっとるおかげです」

喜八は、吉蔵の物言いに接するたびに、不思議な気持ちになる。

十一歳と聞いたが、つるんつるんの赤茶けた肌に大きな眼の童顔が、大人のような言葉を操る。仕草には、子どものようなそそっかしさと落ち着きのなさがあるのに、頭でっかちな思慮深さも垣間見える。

「いつもながら、世の中わかったような口をきくね、吉蔵さんは」

「はい。小僧たるもの、耳を大きゅうして、客の話を漏らさず聞いて、世の動きを覚えるのです」

「まるで忍びのようだな。で、世間では、皆はどんな話をしておるの」

「そりゃ、いまどきは、お殿様の話で持ちきりです」

喜八は殿様についてはほとんど何も知らない。そもそも、庶民が殿様の話をするのは、無礼ではないかとさえ思う。

「わが花村屋の楼主、平右衛門は、お殿様を尊敬いたしております。『すぎたる倹約は、国を駄目にする』とか『法度がぎょうさんあるのは、国の恥』などのお殿様のお考えを、楼主も見習っておられます。わっしも見習おうとしております」

「吉蔵さんの話を聞いておると、吉蔵さんが実は小僧ではなく、四十歳くらいなんじゃないかと思えるな」

吉蔵は、急に世話焼き女房のような顔になって、くくくっと笑った。

「またまたぁ。喜八さんたら、このわっしを四十だなんて。四十はわが花村屋の楼主、平右衛門の御年でございますよ。わっし、七つの頃より花村屋に小僧として奉公しておりますゆえ、おそらく主のお考えがそのまま、わっしの脳味噌に刷りこまれておるのです」

「吉蔵さんは、いずれ立派な男になろうのぅ」

「喜八さんのような、立派な男になれればよいのうと思います」

「おれはだめや。甲斐性なしだで」

「由女小さんが、喜八さんの、そういうところが好きと言っておりましたよ。自分をけっして大きく見せようとしない素朴なところ。わっし、由女小さんが喜八さんに惚れる理由がなんとなくわかります」

三年前の、徳川宗春の入国以来、名古屋の城下町には、遊廓や芝居小屋、料理屋、旅籠屋などの新築や改築が相次いで、畳屋は忙しくなった。由女小と知り合えたおかげで、喜八の気持ちは、世間の賑わい以上に上向きである。

吉蔵が立ち去ったあと、喜八は、刻が過ぎるのをじりじりとした思いで待っていた。夕刻になり、親方と職人三人が店に戻ってきて、喜八は放免になった。飛び出すように繰り出した広小路は大賑わいだ。

陽は少し傾いていたが、まだ空は明るい。暑さはいくぶん和らいできたものの、ねっとりと汗が首に絡みつくような蒸し暑さは残っている。多数の掛け提灯が設えられ、どれもに灯が点けられた。

飴や団子、水菓子、西瓜を売る店が出ており、売り子たちも威勢がよい。

前方からやってくる駕籠の近くに吉蔵の姿が見えたと思ったら、駕籠が止まった。中から、由女小がそっと降り立った。

遊廓の女と一目でわかる顔の白さと姿形に、振り向く者は少なからず。女郎らしからぬ絞りの浴衣を着ているものの、通りの多くの女たちとは、放つ光が違う。

「喜八さん」

澄んだ高めの声に舞い上がる。一月ぶりに会う由女小は、前よりもさらに麗しくなった気がする。

「手は治った？　見せて」

己の手の傷の具合などには、考えも及ばなかった。

「だいぶ良くなったじゃあ、ないの。手当って本当に効くのね。もっと滑らかになりますように」

由女小が再び手を握ってくれる。はじめて会ったときと同じ温かな手だ。ずっとこのままでいたいが、人の流れに押されて歩を進めた。

「早く盆踊りへ。櫓に近いほうへ行こう」

心が逸り、遠くのお囃子の音曲も、胸に迫った。太鼓の音か、心ノ臓の高鳴りか、わからぬほどに高揚している。

吉蔵は、喜八と由女小とを引き合わせたあと、雑踏に紛れて消えていった。小僧なのに、たいそうな気の遣いようだ。

由女小と喜八は、お伊勢音頭のお囃子の鳴る櫓のほうへ並んで歩く。曲に合わせて、踊り、踊って、踊りまくる。

太鼓を手にする男が来て二人の側にぴったりと寄り添い、拍子をとった。喜八が進む方へ、太鼓の男もついてくる。さらに進めば、手拍子を打つ者、両手をくねらせて踊る者が追随し、人の数は渦巻きのように増えていき、喜八と由女小を先頭にして五十人ほどに増大した。

　喜八は深く膝を折り曲げて、腰を地面すれすれまで落として踊った。横や後ろにいた男女も真似して踊りはじめた。笑い声があちこちから聞こえる。

　由女小が、高らかな声で唄い上げた。

伊勢はなー津で持つ　津は伊勢で持つ
あ、よいよい
尾張名古屋は、城で持つ

　美声に、周りが喝采を送っている。

　ヤートコセ、ヨーイヤナ、ヤートコセ、ヨーイヤナ
　群衆がかけ声を発している。歌も踊りも皆が調子を合わせ、声も合わせ、一つの大きなうねりになって進んでいた。

　喜八の心が最高潮に達する。

　すっかり陽が落ちていた。立ち並ぶ出店の提灯が、よりいっそう明るく見える。

　伊勢音頭歌が一段落したところで、由女小は不意によろけながら走り出し、立ち止まったかと思うと大きく空を仰いだ。

「どえらい楽しいね～。町じゅうの人たちが、いっしょくたになって踊っとるし。あー

はっは」

あどけない子どものような姿に、喜八は胸がいっぱいになった。

そのとき、背後から由女小の笑い声につられたような声が聞こえた。

「わーっはっは！」

甲高い、狂言芝居のような男の声が響くと、あたりが急に静かになった。

皆がはっとした顔をしている。喜八も踊りを止めて、振り返った。

男の風体に度肝を抜かれた。南蛮風の黒のラシャに金糸の刺繍。ド派手で珍奇な赤い笠までかぶっている。

あたりでひそひそと話す声が聞こえはじめた。

「芝居小屋の役者さんかえ」

「南蛮かぶれの金持ちか」

「しかも、猫を抱いとらっせる」

男の胸元からは、白黒の猫が顔だけを出している。おでこのところだけが黒っぽい。

（もしかしてあの猫は、畳をばりかいた猫ではなかろうか？）

喜八がじっと見ると、猫はすぐに顔をそむけてしまった。

「あの人は侍では？　笠の下は、丁髷だったりせんか」

「あんな格好をしとる侍なんぞ、おるもんか」

「いやいや、昨今のご時世、何でもありだでかんわ」

背後で話す人々の会話が喜八の耳に入ってきた。

さきほどまで笑っていた由女小は、男を上から下まで眺め回していた。

ラシャ男が、由女小に話し掛ける。

「ずいぶんと愉しんでおるようじゃないか」

喜八があわてて由女小に駆け寄る。男はさらに続けた。

「向かい合って踊る二人は、ぴったりと息が合っていた。男女の仲睦まじく、比翼連理の踊りであった。天晴れである」

どことなく、お江戸言葉の抑揚で、聞き慣れぬ言葉を口にしていた。

あまりに妙ちきりんな男だったから、喜八は何も言葉を発することができなかった。

あっけにとられているうちに、背後から一人の侍が走り寄り、男の耳元で小声で話し出した。

「盆踊りは、今すぐにでも取り止めては……」

声はあたりのざわめきに遮られ、切れ切れにしか聞こえない。盆踊りは打ち切りにするという話をしているようだ。

男は、反駁している。

「民の愉しみを奪うなど、もってのほかである。五十日間、続けるぞ」

喜八の耳には、そのように聞こえた。

男は胸元にいた猫を懐から外へ出すと、くるりと向きを変え、侍に付き添われて、その場を立ち去っていく。

喜八はふと、地べたを歩く猫を目で追った。白と黒の毛の猫は、人々の様子を胡散くさそうに見上げていた。

（やはり、神社にいて、店の畳をばりかいた猫だ！）

喜八が近づこうとすると、猫は小走りで逃げていった。

由女小が不思議そうな顔をしている。

「さっきの大声で笑っとった男の人、タミ、タミって言ってなかった？　お民さんって、誰のことかしゃん」

「はて。そもそもあの男は何者なんだろう」

「なんで侍と話していたのかしら」

ああだこうだと推測しながら話していたが、喜八は由女小と過ごすときを、一瞬も無駄にしたくなかった。

「気にせずに、二人で、どっか静かなところへ行こう」

広小路から外れて歩いてみれば、やがて暗闇も深くなる。お囃子の喧噪も遠くなる。

何度か道を曲がったら、おから猫神社の前に出た。鳥居の奥に、小さなお社がある。

「おから猫様に、二人で願い事をしてこうよ」

　昨日も来た神社であるが、何度も重ねて祈願したい。

「猫神様が願いを叶えてくれる神社は、ここなのね」

　由女小の弾んだ声が聞こえた。

「そうさ。おれの親方が猫嫌いだから周りには内緒にしとるけど、おれは、おから猫様を信じとる。心の底から祈願したい」

「何をお願いするの」

「決まっとるじゃあ、ないか。由女小さんといつか夫婦になれますようにと」

　胸の内の願いを、喜八は思い切って由女小に直接伝えた。照れくさくも、すらすらと口からそんな大それた言葉が出てきたのは、仄暗い(ほのぐらい)おから猫神社の鳥居の前だったからかもしれない。

　隣に立つ由女小が大きく目を見開き、喜八を見上げた。しばし沈黙があってから、由女小が喜八の胸に顔を埋め(うずめ)た。

　喜八は由女小の体温を感じた。強く抱きしめたら今にも壊れそうなくらいに華奢(きゃしゃ)な体だ。

「喜八さんと、またいつか会いたい。妓楼のそばに来たら、火打ち石を四回鳴らしてほしい。客がいなければそっと外を覗く(のぞく)から」

ただ顔を見るだけじゃなく、夫婦になりたい。由女小にもそう願ってほしい。

「ずっと一緒になれるよう、祈ろう」

喜八が由女小の耳元で囁くと、由女小は社の前で真剣に手を合わせていた。

由女小が喜八の目をじっと見つめた。

「夢を見させてくれてありがとう」

透き通るような由女小の声が、いつもより弱々しく聞こえ、（夢で終わらせたりなんかするものか）と胸の内で叫んだが、口にできなかった。

二

「夢を見させてくれて……」

喜八は由女小の言葉を翌日も脳裏で反芻（はんすう）した。

夢で終わらせないために、何ができるか何度も自問した。

畳屋の景気はよいが、畳だけ仕立てておっては、にっちもさっちもいかぬ。

（てっとり早く儲（もう）けたい）

欲が顔に出ていたのか、盆踊りの逢瀬から三日後に、煮売酒屋で米相場（こめそうば）に誘われた。

狐（きつね）のような目をした男であった。

「おれはまえに米切手の売買で、五十貫の儲けを出した。次はもっと儲ける」

貧乏人が大金持ちになった話を聞けば、だいたいは米相場だ。最初は見に行くだけのつもりで、大船町にある延米会所に足を踏み入れた。喜八はその日のうちに米切手の売買をはじめた。

元手を得るのに、死んだ祖父が遺した大工道具と着物を質に入れた。金を増やして、必ず取り戻すと決めての質入れだ。

買って売る。売って買う。買値よりも高く売れれば、儲けが出る。儲ける仕組みは心得た。

（簡単だ！）

喜八は金持ちになれる気がした。

「たくさん儲けるためには、たくさん買えばよいのだな？」

「そうさ、どかんと買えばいい」

だが、今売らなければ損をする、今買わなければ損をすると、心だけが先走り、焦ったすえに、打って出た手が裏目に出る。相場に手を出して、たった三月で喜八はすっからかんになったばかりか、五十三貫の借金をこさえてしまった。

十一月に入ってすぐ、親方の庄三郎から話があると呼ばれた。

米相場のことなどは一言も話しておらぬのだが、勘のいい庄三郎は気づいている節があった。

「昨今、わしは喜八が気になって、しゃぁない。わしは喜八に、女子に気ぃつけよと忠告したが、世の中、もう一つ気ぃつけないかんもんがある」

金だ、と親方が言いたいのは感づいていたものの、うしろめたい気持ちもあって、

「猫ですか」と、口に出してしまったから面倒な雲行きになってしまった。

爪研ぎ事件のほとぼりは、冷めているかと思えば、いまだ火種の様相だ。

「おまえ、わしの前で、猫という言葉を二度と使うな」

庄三郎の目がみるみるうちに、つり上がる。

「猫は、『気ぃつける』という類いではない。天敵である。見たら、即刻、斬り殺せ」

侍でもあるまいに、刀など持ち歩かぬ職人に、斬り殺せるはずもなし。庄三郎の単なる威勢なのだと思うことにした。だが間の悪いことに、喜八の視界に入ったのは、あの白と黒の猫である。向かいの菓子屋の軒先にいる。

幸い、庄三郎が入り口に背を向けているので、喜八は庄三郎の気を、延米会所で大損した自らの体験にひきつけるしかなかった。

「親方。『世の中の、気ぃつけな、いかんもの』とは、金ですね」

「そうだ。素人が相場に手を出しちゃあ、いかん。女と金は、うまく付き合わぬと身を

滅ぼす」

やはり庄三郎にはすべてがお見通しのようである。

「お祭しのとおり、米相場で手痛い火傷を負いました。もう止めました」

神妙に答えたら、庄三郎は、じっと目を見据えてきた。

「女からも手を引け」

喜八は目を逸らし、ぎゅっと拳を握りしめた。決めている。由女小だけは手に入れる。親方に何と言われようと、由女小とは夫婦になるのだ。

幸い、菓子屋の前にいた猫が、どこかへ消えた。

「親方、有り難いご忠告ですが、おれが誰に心を寄せようと、それぱかりはおれの勝手です」

この言葉を言うのに、喜八は体じゅうの力を振り絞った。

「喜八でなければ、放っておく。おまえは情に流される質だからこそ、女に身を滅ぼされる。案じておるんじゃ」

喜八は再び拳を握りしめる。

「案ずるには及びません」

「おまえ、相場に手を出したのは、女のためだろう」

「はい。おれは、好きな女と暮らせるよう金が欲しいのです」

「はっきり言うたな。ならばわしから、最後の忠告をする。心して聞け。相場も女も、きれいさっぱり縁を切れ。畳職人として生きていくのに、何が大切か、よう考えろ。わしの忠告を聞けんと言うなら、この店を出てけ」

庄三郎の目が真剣だ。ひどく怒っている。

「親方、勘弁してください。由女小がいるから、畳の仕立ても頑張れるんです」

「とにかく女とは縁を切れ」

「嫌です。由女小とは、けして離れません」

「ああそうか。喜八って奴は、そういう奴か。おめぇは、わしの言うことより、女や猫を選ぶんだな。ならば、とっとと出てけ！」

庄三郎の剣幕に、喜八は、一歩二歩と後ずさったが、なんとか足を踏ん張った。

「親方、待ってください。おれの話も聞いてください」

庄三郎は湯気の出そうな顔をしている。

「早(はよ)う出てけ！　今すぐだ。二度とわしの前に顔を出すな」

あまりの剣幕に、親方の前に立っていられなくなった。ついに喜八は、親方と店に背を向けてしまった。

（ひょっとして、おれは今、仕事を失ったんだろうか。今から土下座して謝るべきか）

逡巡(しゅんじゅん)する気持ちもあった。だが、由女小の顔を思い起こせば、由女小と縁を切るなど、何があってもできぬ話だ。

そのままふらふらと煮売酒屋へ行くと、喜八をかつて米相場に誘った狐目の男がいた。

「なんや、暗い顔して。相場がうまくいっておらんのか」

「相場もうまくいかなんだが、今日、畳屋を追い出された」

喜八の言葉を聞いて、狐男は、にやりとした。店の者に盃をもってこさせて、徳利から酒を注いだ。

「まあ、飲めって」

喜八とて、飲まずにはやっていられなかった。

「禍を転じて福となすって言葉もあるぜ。よい考えがある。金を儲けたいなら、江戸へ行かぬか。おれも、来春には江戸へ出るつもりだったが、おまえが行くなら、おれも早めようと思う」

「好きな女を身請けできるだけの金が稼げるんなら、おれはどこへでも行くぞ」

喜八は破れかぶれになっていた。どうせ畳屋は追い出されたのだ。親方の顔も見たくない。江戸へ出て、荒稼ぎする話も悪くない。

「江戸はな、人が多いし、江戸ならではの、儲け方もあるしな」

「どうやって稼ぐのさ」

「金儲けのやり方はいつも同じ。安く仕入れて高く売る。多く稼ぎたきゃ、ただ同然の物を、高値で売る」

「江戸では何が売れるんか」

「江戸っ子は、寺社詣(もう)でが大好きだ。神や仏のご加護やご利益を有りがたがる」

喜八自身も神社や寺は好きである。故に、おから猫神社にも行くし、いつかは伊勢神宮や善光寺(ぜんこうじ)にも行きたい。

だが、狐男が口にしたのは、豊川稲荷(とよかわいなり)の絵馬を売る話である。江戸では稲荷神社が人気らしい。なぜなら江戸の人々が敬愛する大岡越前守(おおおかえちぜんのかみ)が、豊川稲荷を信仰しているからだ。絵馬を作り「豊川稲荷へ奉納します」と宣伝し、江戸の人々に絵馬を売って願い事を書いてもらう商いだ。

うまくいくのか疑問に思うが、狐男はきっとうまくいくさと妙に自信を持っている。詳しく聞き出すとさらに裏があった。いつもの喜八なら断っていただろう。しかし、今の喜八は、もうあとには引けなかった。

翌々日、喜八は花村屋の近くにいた。この三月余、会いたくてたまらなかったが、文を何度かやりとりしただけだ。一緒になる道が見つかるまではと耐えていたので、久方ぶりの逢瀬である。日が沈む前に、革の頭巾をかぶり、路地で火打ち石を四回鳴らした。

由女小に客がいない刻ならば、合図の音を聞きつけて、二階から顔を出してくれるはず。

しばらく待つと女の影が見え、やがて障子が開いた。

「待っていて」

声に出さずとも口の形でわかる。

由女小が目を輝かせて忍び出てきてくれた。だが、すぐに喜八のただならぬ様子に気づいて、怪訝な表情に変わった。

「何かあった？」

「おれな、金を稼ぎに、江戸へ行こうと思う。由女小はおれが帰ってくるまで、けして誰にも身請けされんといてほしい。それまでにたあんと金を拵えてくる」

喜八の言葉にたいそう驚いて、由女小はひたと喜八に寄った。

「止めて。久しぶりに会えたのに、江戸へなんか行かないでちょうだい。わたしを置いて、そんな遠くに行ってしまったら、きっとわたしの所には戻ってこんに決まっとる」

案の定、江戸行きは即座に反対された。

「おれを信じて。おれが由女小のところへ戻ってこんなど、絶対ありえん。由女小のために金を稼いでくるんだ」

「喜八さん、わたしの好きな、のんびりした穏やかな喜八さんじゃあなくなっとる。わたしは喜八さんを江戸になんかやらない」

由女小の目から湧き出るように涙が溢れ出てきて、見ているだけで喜八は辛くなる。

「かならず戻るから。おれは借金があってな、このままじゃ由女小と一緒になれんのだ。だから江戸で一稼ぎしてくる」

「どうやって稼ぐというの？」

由女小が、濡れた目で喜八を見つめてくる。

「江戸の人たちは三河の豊川稲荷が大好きだそうな。だもんで、絵馬を作って江戸の人たちに売り、願い事を書いてもらう。百枚、千枚とぎょうさん売り歩き、集めた絵馬は最後に豊川稲荷へ奉納する」

喜八は肝心な部分は由女小に話せなかった。狐男は、木片に狐の絵を描き、豊川稲荷に奉納しますと偽って売り、集めた絵馬はどこかに穴を掘って埋めると言ったのだ。千枚も売れたら、豊川まで絵馬を持ち運べないからだ。

苦しげに言う喜八の言葉に何か察したのか、由女小が語気を強めた。

「江戸で売らんでも、名古屋でやればええじゃないの」

「名古屋の人は、人に頼まんでも、自ら豊川へ出向くかもしれんだろ。江戸は遠いから、人に金を払って豊川稲荷への絵馬奉納を頼むのさ。江戸でしか成り立たん商いだ」

「……喜八さん、聞いて。喜八さんも本当はわたしと一緒になんかなれんとわかっとるよね。わたし、いろんなことを諦めてきたけど、喜八さんを想うときだけは、憧れていた恋ができた。好きな人を想い慕い、幸せだった。だからこれからも、せめて名古屋にいて」

「一緒になれんなどと、言わんといてほしい。必ず一緒になる！　そのために江戸へ行くんだ」

米相場の負けがこんで借金もある。この先、由女小を身請けできるほど稼げるか、実をいえば不安しかない。

「やなの。喜八さんが江戸へ行っちゃうのは嫌」

「行きたいんだ。江戸でたんと稼いで、由女小と一緒になりたいんだ」

由女小は涙を流しながら、しばらく黙った。沈黙が長かった。

ようやく顔を上げた由女小の顔は青ざめていた。

「喜八さん」

胸を突くような鋭い声だった。

喜八は口をつぐんだまま由女小の次の言葉を待った。

「どうしても江戸へ行きたいと言うならば……」

喜八をしっかりと見据えた由女小の目は真剣だ。

「江戸へ行きたいなら、なんだい？」

喜八は由女小の泣きはらした顔を見た。

またしばらく間があった。

「……わたしを殺してから行ってちょうだい。わたし、あちら側の世で、喜八さんを待っている」

　あちら側。

　この世で一緒になれぬなら、あの世で一緒になる術もある。喜八が由女小と同じ考えを、これまでに持たなかったわけではない。畳屋の職も失い、相場にも失敗して借金もでき、どん詰まりの人生だ。万策が尽きかけていた。あがいてきた事柄が裏目に出て金が底をついた今、あちら側の世界に行くほうが、どれほど容易なことか。

　由女小に覚悟があるならば、喜八は、この世に未練など少しもない。思い通りにならぬこの世がすっかり嫌になっていたところだ。

「由女小が明日も明後日も、同じ気持ちでいてくれるならば、おれはいつだって、あちら側へ行く」

「次の満月、霜月十五日に、永遠に一緒になりたい」

　あと十日ばかり先だ。ふと、あちら側へ行くためにふさわしい場所を思いついた。

　闇森。神社の広い境内にありながらも、名のとおりに樹木が鬱蒼と茂った闇があり、人目につきにくい。

「場所は、闇森八幡社。どうだい」

　静かに伝えた。

由女小は、短く答えて妓楼の建物の中に戻っていった。

「必ず行くわ」

この世に身を捨てていくためには、道具が要る。

畳屋に、よく切れる剃刀が二丁あるのを思い出した。親方の知人の鍛冶師が作ったものだ。

霜月十五日、親方が店を閉めて奥の母屋に戻り、すっかり静まりかえった頃を見計って、盗人のごとく忍び込んだ。

二丁の剃刀を手にすると、指が震えた。

震える右手を、左手で押さえつつ、親方に申し訳ない気持ちに苛まれた。けれど、喜八に残された道は、由女小と一緒に、あちら側の世に行く道だけだ。

静かに畳屋を出たあと、走り出した。気がつけば、西の空に満月が出ていた。動きの速い薄い雲が、月にかかっている。

吐く息が白い。ようやく闇森八幡社の鳥居が見えてきた。呼吸を整えながら、ゆっくりと進む。

砂利を踏みしめながら、社に近づいた。

社の後方は、古木が枝を広げる深い森の入り口だ。社の裏に隠れるようにして由女小が立っていた。

顔を見たとたんに、心ノ臓が高鳴った。由女小が近づいてくる。

寒風の中で待っていてくれた由女小の冷えた手を取り、両手で温めた。

「喜八さん、やっと一緒になれる」

由女小を抱き寄せ、肌の温もりを分け合った。夫婦になれずにもだえ苦しむ辛さから、ようやく解き放たれる。借金まるけの己とも決別できる。なによりも、永遠にこれからは一緒だ。なんという安らかさ。

闇の深い森の中へ、並んで歩いていく。喜八が先に立ち止まると、由女小も足を止めた。長い抱擁のあと、喜八は懐をまさぐった。二丁の剃刀の一つを、由女小に渡した。

由女小は、剃刀をしっかりと受け取った。

喜八の指が震え、やがて全身が震えだした。この世の最後のときに、いまなお、恐怖におののく自分が情けない。

じっと見つめ合い、静かに向かい合った。冷たい風が頬に当たる。二人が右手に剃刀を持ち、一歩ずつ距離を縮め、お互い相手の首筋に、ゆっくりと剃刀を近づける。

「三つ数えたところで、切る。同時にだ」

喜八の言葉に由女小が頷いた。

「一つ」

二人が地面を踏みしめる音だけが聞こえた。

「二つ」

静寂なる森に、月の光が漏れている。由女小の額が光って見えた。

刹那(せつな)、物音がした。

鈴の音に近いような、しゃりしゃりと物と物とがこすれる音が近づいてくる。

(何者か)

喜八は振り返った。二つの小さな光が見えた。

(猫がいる!)

この闇森に、猫がいる。

月の光が、猫の輪郭を浮かび上がらせ、やがて顔も見えてきた。

猫が由女小の足元にすり寄ると、由女小は剃刀を持つ手を下ろした。

「猫だわ」

喜八よりも先に、由女小が言葉を発してしゃがみ込んだ。

よく見れば、白と黒の毛をした猫だ。首に巻かれた布は、なぜかぷっくりと膨らんでいる。

猫がうっとうしそうに首の布を前脚でかくので、喜八は手にしていた剃刀を地面に置き、その布を取ってやった。

「なんだこれは」

布を開くと、たいそうな数の小判が光っている。

その直後、砂利を踏みしめる音が聞こえてきた。提灯の灯りに続いて人の姿も見えてきた。

（誰か来た）

包み直す暇もなく、喜八は咄嗟に小判を木の虚の深いところに隠した。布は、慌てて懐に入れた。

さきほどまで落ち着いていた由女小が、焦り始めた。

「わたしは嫌よ。生き残りたくない」

手にしていた剃刀を自らの首筋に当てた由女小を、喜八は思わず飛びかかって止めた。

「待て、先に行くな！」

声を出して由女小の剃刀を奪ううちに、由女小の顎が刃で傷つき、喜八は頭が真っ白になった。

「誰だ。誰がおる」

提灯を持つ人物は、八幡社の神主だった。

すぐそばで神主が提灯を高く上げている。喜八はまずいことになったと絶望した。

「何をしておるんじゃ。若い二人が相対死をしようとしたか？　許されぬ行為だ」

顎の傷を押さえて屈み込んだ由女小を、大柄な神主が抱き上げた。

「おまえは提灯を持て」

鋭い語気の言葉を喜八は浴びた。

死に損ねた件について、神主により奉行所に届けられ、翌朝には大きな騒ぎになった。

喜八と由女小は奉行所へ連れていかれた。

三

尾張徳川家第七代当主の徳川宗春は、二幅の掛け軸を用意していた。名古屋城二ノ丸（にのまる）御殿に造営中の、「慈忍（じにん）の間」に飾る予定である。掛け軸の一つには「慈」の文字が、もう一つには「忍」の文字が、勢いのある筆跡で書かれている。

「殿。志摩守（しまのかみ）がおいでになりました」

二ノ丸御殿の書院にいた宗春に、廊下から伝える者がいた。

「よいところに来たわ」

宗春は付家老（つけがろう）の竹腰（たけのこし）を招き入れた。火鉢の中の炭が弾（はじ）けたような音を立てた。襖が開くと冷気が入ってくる。

「どうだ、『慈』と『忍』の掛け軸じゃ。なかなかよいであろう」

竹腰は畳の上の二幅の掛け軸を、なんら表情を変えずに一瞥して座った。

「結構な掛け軸と存じます」

返事に抑揚がない。結構、などとは微塵も思っておらぬ答え方である。おまけに竹腰は、ひどくやつれて頬のげっそり落ちた浮かぬ顔だ。

「其方、頬がこけたな。余が苦労をかけておるからか」

公儀と宗春の板挟みになって難儀な役回りであることは、宗春の目から見ても明らかだった。付家老とは損な役回りだと、誰もが思っているだろう。

竹腰が表情を変えずに答える。

「殿。それがしの面など、どうでもよきこと。名古屋城下町の、遊興に乱れたるさまは、目に余るどころか、江戸の公方様のお耳にも入る異様な事態でございまする。いかに尾張の綱紀粛正を図るかに、ご注力ください」

「にわかに拵えた遊里じゃからの。年数が経てば、落ち着いていくわ」

宗春は気楽に構えていた。

「さように悠長なことを仰せられては、手遅れとなりまする」

「ならば、其方は、いかようにしたいのだ」

「富士見原、西小路、葛町の遊廓を取り払い、さらに申しますれば、茶屋の形をしながら実は娼妓を囲う裏の遊廓なども含め、すべての遊廓を撤廃いたしたく存じます」

「なに」

宗春は、竹腰を睨みつけた。

「少なくとも、まずは半分ほどに縮小。のち、ゆくゆくはすべてを取り払いたく思いまする」

「遊廓の何が悪いのじゃ」

「人が欲望のおもむくままに振る舞うようになり、世が乱れすぎまする。まるで獣のように愉悦を求めますれば、人はすぐに楽に流れ、面白きに流れ、忍耐できぬようになり、人が人としての節度を失います」

「不貞を犯すより、堂々と遊廓に通えばよい。其方は、余の考えが間違っておったと申すのか」

法度で民をがんじがらめにするような真似はせぬ、と宗春は考えている。

竹腰は顔を伏せ気味にしたまま、答えた。

「おそれながら、お考えは甘かったかと存じまする。遺憾ながら、家中にも遊興徘徊にうつつを抜かし、士分をなんと心得ておるのかわからぬ振る舞いの輩が、少なからずおります」

「その点、其方は自制がきいて立派じゃの」

宗春の嫌味に、竹腰は笑わなかった。

「殿。それがしの話は無用でございまする」

「余はの、民が笑って、生き生きと暮らせる世こそ、良い国であると思うておるのよ」

掛け軸に「慈」の文字を書いたのは宗春である。民には常に慈しみの心を持って接したいという気持ちの表れだ。

「何事も、中庸が肝心です。江戸では、公方様が質素倹約を民に強いておりますので、尾張の賑やかさ、華やかさがきわだって見えます。まるで公儀への『あてつけ』のように思われております」

「江戸は江戸、尾張は尾張。あてつけなどと申すな」

「公儀は尾張領内の執政に対し、目を光らせておられます。その証に、公儀より質問状が届いておりまする」

「放っておけ。公儀の質問状など、実にくだらぬ事柄が書いてある」

先日の質問状は、宗春の乗る駕籠が、通常の大名に比べて格別に大きく華美である是非を問うものであった。

江戸からの圧力に、竹腰志摩守がいちいち自らの五臓六腑を縮めてまで、公儀の顔色を窺う。気にしすぎだと宗春は思っている。

竹腰は書状を開き、質問状の文面をつらつらと読み上げた。宗春は聞くのも嫌だった。耳を塞ぎ、初雪が降ったら側室の誰かと雪見酒でも飲みながら、歌の一つでもつくろうかと、風流な事柄に思いを巡らせる。

　宗春には正室がいない。兄が何人もいて一生を部屋住みで過ごすはずであったためだ。ほかの大名家の当主が若い頃に正室を迎え入れるのとは違い、予期せずに尾張徳川家の当主を継いだから、正室のいないままできてしまった。

　宗春は急に側室の海津の青白い顔を思い起こした。

「海津は、少しは健やかに暮らせるようになったかのう」

　唐突な宗春の問いに、竹腰は書状から顔を上げた。

「海津様が、健やかなわけがございませぬ。一昨年に八千姫様を亡くされたばかりなのに、十歳になるまで健やかであられた富姫様までこの夏に亡くされて、海津様のお気落ちは、側から見ておる者すら正気ではおられぬほどで、お床に臥せってばかりと聞きまする」

「そうだろうの」

　血の繋がった子の死を見ることの、なんと酷いことか。この世でいちばんの哀しみである。海津と富姫の顔を思い浮かべるだけで、胸が苦しく、息もできぬ思いがする。

「しかしながら殿はあのとき、それがしが再三、盆踊りは打ち切りにと進言いたしたのにもかかわらず、盆踊りを続行なされた」

　恨み節のように聞こえ、宗春はきっぱりと言い切った。

「子を失った哀しみは余も同じ。悲痛の極みじゃ。せめて、民が唄い、喜ぶ姿を見ていたかった。国の上に立つ者の事情で、民の愉しみを奪うなど、余にはできぬ」

「殿がお奨めなされた盆踊りにて、若き男女が睦まじき仲となり、死んであの世で一緒になろうと相対死を図りました。牢に入れてあります」

「相対死とは、よほど思い詰めた末であったろうな」

宗春は扇子を手元で開き、閉じて、また開いた。

いかような事情があって相対死をしようとしたのか。あの世で一緒になるのではなく、この世で幸せになれなかったのか、しばし思いを馳せた。

「取り調べの途中で、まだ詳しい身元については耳にしておりませんが、この緩みきった国を引き締めるために、死罪に処すことも考えております」

「死罪」という言葉に、宗春は手の動きを止めた。

「死罪など、余が断じて許さんぞ。余の領地では、いかような事情があろうとも、死罪など一つも許さん！」

宗春の突然の剣幕に、竹腰は驚いたのか、のけぞって後ろに手をついた。

「殿。落ち着いてください」

「罪を犯した者も、人の子。子が死罪となれば、親の哀しみはいかほどのものか。其方は思いを馳せたことはあるか。子を病いで亡くして打ちひしがれぬ親がおらぬように、子が死罪となって、哀しまぬ親がどこにおるか！」

宗春は興奮のあまり立ち上がり、竹腰を残して居室を離れ、庭に出ようとした。一人になり、気を鎮めたかった。

霜月にしては暖かい日溜まりが、濡れ縁にできていた。足裏が温い。宗春は腰を下ろして木の葉の落ちた二ノ丸の庭を眺めた。

「盆踊りにて、若き男女が睦まじき仲となり……」

竹腰の声を頭の中で反芻した。

宗春には、思い起こすところがあった。

(盆踊りの視察に出た日、仲睦まじき男女を見た。余は、あの日、猫を拾って懐に入れた。すんなりと懐に入った猫であった)

一度懐いた人間を覚えているのか、その後、四月ほども経った数日前に、その猫がお忍び先の料理屋へやってきたのだ。

その日は、心地よく酔える日であった。料理屋の特別の間には、梅と菊という芸者を侍らせていた。宗春は身分を明かさず、「春」と呼ばせていた。

＊

「春様って、どんな商いをされているの」

宗春について何も知らぬ芸者の梅が問うた。

「しがない浪人と申しておるじゃあ、ないか」

「浪人にしては、着ているものがお派手じゃないの。屋号は何ですの」

「商いなんぞ、好まぬわ」

酒の美味い店で、すでにかなりの量の酒を飲んでいた。

「じゃあ、春様は、何がお好きなの」

「唄い、笑い、踊っておる人の顔を眺めるのが好きじゃ。とくにお梅やお菊のように、笑顔が愛らしい女子が好きじゃ」

「殿方はみんな、女子好き。それに春様は、猫もお好きでしょう」

「なぜわかる」

「だって、猫がさっきから春様を外から覗いておりますもの。猫って、猫好きを見分けるんですって」

盆踊りの日に懐に入れた猫も、目の前にいる猫と同様に、黒い模様の入った白っぽい猫であった。おでこも黒い。

「ひょっとしたら前に出会った奴かもしれん。おれを覚えておるんかの」

宗春は格子の側に寄って猫を招き入れ、懐の中に入れた。頭だけ出した猫は、畳の縁に浮かんだ鳳凰の文様をじっと見ているようだった。

「可愛いのう」

宗春が猫をかまっているうちに、菊がカルタを取り出してきた。

「春様。このほど大坂から、譬え合わせカルタを入手したんです。絵がどれも滑稽なのよ」

菊が、細く白い指で、カルタを並べた。絵の上部に諺が書いてある。

「面白そうだ。どれ、おれが読み上げてやる」

読み札の束のいちばん上から、一枚だけ手にとった。

「地獄の沙汰も〜」

百人一首さながらに、宗春が朗々と読み上げた。梅が、勢いよく返事をして、カルタを一枚押さえた。

「はい。地獄の沙汰も金次第！」

零れんばかりの女たちの笑顔が、いたくまぶしい。

梅が取り札を見せた。閻魔の絵が描かれている。舌を出して、ケケケと笑っているように見える。宗春は愉快になって、盃の酒を一気に飲み干した。

「金次第とは、よう言うたもんじゃ。地獄の沙汰は金次第かもしれぬが、尾張の景気も金次第だぞ。金が世を回すんじゃ」

酒が喉を潤し、ますますよい気分になった。急に、懐に入れていた猫が這い出して畳に下りた。

猫はカルタに鼻を近づけながら、文字と絵を眺めていた。

「あらら。猫ちゃんも、カルタ取りをやりたいのね」

「猫に、諺がわかるかのう」

菊が一枚の読み札を取り出して、読み上げた。

「猫に、小判！」

すると、猫がカルタの周りを歩きはじめた。人間たちがその動きを見守る。猫は、迷いなく小判の描かれたカルタを、右前脚で押さえた。咥えようとしたので、梅が取り上げた。

「小判の札だわ。文字が読める猫ちゃんだわ！」

梅が興奮して小判の絵を皆に見せた。菊も、手を叩いて笑い転げている。偶然なのか何なのか、宗春は猫の行動に大笑いして、盃の中の酒を、一気に喉へ流し込んだ。

「猫よ、おまえ、小判という文字が読めるのか」

宗春は猫を撫でた。猫が物欲しげな様子で宗春を見つめてくる。

「なにを所望しておる。小判をやろうか」

問うと、猫は宗春の膝に乗った。酔った勢いで、宗春は自分の首に巻いていた南蛮渡来の布で作った襟巻きをはずし、袂から取り出した小判をたっぷりくるんで、猫の首に結びつけた。

「春様ったら、おふざけね」

「猫に小判を持たせるお座敷芸なんて、はじめてよ」

「ほら、猫ちゃん、こっちこっち」

菊が手を叩いて猫を近くに呼び寄せようとしたとき、酒が届けられて障子が開いた。

直後、猫は小判を背負ったまま、ものすごい勢いで障子の隙間から走り去った。

咄嗟に宗春は声を上げた。

「猫よ。どこへ行く」

「きっと戻ってくるわ」

お菊が暢気に答えたが、猫は戻らなかった。

*

今思えば、省みなければならぬ部分はある。酔いすぎていたのは確かだ。

だが、猫に小判を結びつけたのは、ふざけすぎたわけではない。盆踊りのときにも出会った猫が、有無を言わせず、小判を所望した……ような気がしたのだ。

四

「死ねなかった」

　心中が未遂に終わった事実を喜八は受け入れ難く、なぜ邪魔が入ったのか、この先はどうなるのかと考え苦しんだ。

　牢に囚われたままの生き地獄か、あるいは死罪もありえるか。どうせ死ぬなら、闇森で由女小とともにあの世に行きたかった。今頃は、あの世で一緒になれたはずなのに、何をどう間違えたのか。

　喜八は今にも狂い死にしそうなほどの苦悩を抱え、髪をかきむしり、牢の汚い天井を見上げた。牢に入れられ、いったい幾日が経ったのかも、喜八はわからなくなった。

　だが、喜八と由女小に下された沙汰は、思いがけぬほど軽いものであった。

　広小路の牢屋敷前にて、三日間晒し者にされるだけ——。

　牢屋敷の番人からは、お殿様のご慈悲による前代未聞の軽い沙汰だと聞かされた。

　さらに驚いたことには、どこからか着物が届けられた。晒し者になるときに、身につけよということらしい。冬の路上で晒し者になっているあいだに凍え死ぬことがないどころか、見たこともない高級な着物だ。

喜八には四ツ目結紋が入った薄花色の紬(つむぎ)、紗綾形(さやがた)模様の入った黒とび色の帯が届けられた。

一日目は、朝五ツ時（八時頃）より昼少し前まで、路上で晒し者になる。二日目は一刻（約二時間）のみ。三日目はさらに短く半刻のみだ。

由女小は、黒い絹の着物を着せられていた。裾に蔦(つた)かずらの文様が入っている。帯もまた新品の、とくさ色の絹帯で、喜八は一瞬何もかも忘れてただただ見とれた。

見世物のように並んで座る二人に、見物人たちが集まってきた。

「死にそこねたくせに、ずいぶんと軽い沙汰やの。綺麗なべべを着て座っとるだけか。死罪でもおかしないがのう」

厳しい声が聞こえてくる。

「新しいお殿様は、わしらぁ庶民を大事にしとくれやぁすで、死罪なんか、ありえへんわ」

「ええ殿様のおかげで、若い二人の命が助かったな」

「長い人生だ。やり直せ」

見物人の中には、この先頑張れよと励ます者もいた。

喜八の顔を覗き込むようにして温かい声を掛ける者もいた。

喜八は、ただ俯いて座っているだけだったが、人に掛けられる一言、二言の言葉が身に染みた。

　遠巻きに見ている人たちの声も、しっかりと喜八には聞こえていた。

「あの着物は、殿様が差し入れなさったと聞いた」

「なんで殿様が罪人の着物まで用意なさるか」

「噂だけど、殿様は、江戸にいた大事な姫様を亡くし、その姫様が、この花村屋の遊女に似とるんだと」

「んな、ばかな。姫様の顔なんぞ、誰が知っとるっちゅうの」

「誰かしゃんが、そう言うとったもん」

　しばらくして、花村屋の小僧の吉蔵がやってきて、由女小と喜八の前にしゃがみ込んだ。

「わっし、由女小さんと喜八さんの力になれたのか、なれなんだか、ようわからんけど、今、二人が生きててくれて、本当によかったです」

　半泣きの顔であった。

　吉蔵にはよくしてもらったので、申し訳ない気持ちが湧いた。だが、晒し者になっている最中に、吉蔵と話すわけにはいかず、黙って頷く。

　さらに畳屋の親方の庄三郎が姿を見せると、町の人々は庄三郎の袂を引っ張った。

「ちょっとちょっと、あんたんところの職人さん、どうしやぁた。庄三郎さんがついとって、こんな騒動かえ」

庄三郎は何も答えず、ずいぶんと憔悴(しょうすい)した顔で喜八の前に進み出た。

喜八の前にしゃがみ込んで、喜八の目を見た。

「おまえって奴は、相変わらずのたわけ者だ。大たわけだ」

庄三郎は言葉を詰まらせ、涙を流しはじめた。

「だがの、できの悪い弟子ほど可愛いもんで、わし、喜八が今生きとってくれて、ほんとうに救われた。おまえが死んどったら、わしは正気ではおれんかった。わし、お殿様に感謝申し上げたい。二人がそこまで惚れ合っておったとは……。由女小さん、こいつをよろしゅう頼みます」

庄三郎が由女小の前で手をついて頭を下げたから、喜八は体が震えた。庄三郎の言葉が、骨の髄に染みわたる。

強面(こわもて)の庄三郎が顔をくしゃくしゃにして涙をこぼしていたから、見物人がもらい泣きしているのが見えた。

庄三郎が帰ってしばらくして、貧しい町人風だが侍のように背筋のまっすぐな男が近づいてきた。

男は、一瞬驚いたような顔をすると、いきなり喜八の腕に触れた。喜八も驚いてじっと男を見つめた。男は手首に巻いていた布地を見ている。小判が包まれていた布である。

捨てがたく、ずっと肌身離さずお守りのように大事にしていた。

「なかなか、趣味のいい布を巻いとる」

怪しげな男が喜八に触ったので、番士が、慌てて近づいてきた。

「おい、そこの者、罪人に手を触れるな」

男は手をひっこめると、喜八の耳に口を寄せた。

「よう似た布を、猫が首に巻いておらなかったか？　布の中身は、猫からの贈り物じゃ」

三日間、晒し者になったあとで喜八は家に戻されたが、怪しげな男が囁いた言葉が忘れられなかった。

――猫からの贈り物じゃ。

男はいったい何者なのかと考えた。

（ひょっとして、殿様では？　いや、まさか。ありえない）

喜八は後日、人目につかぬ刻を選んで闇森へ行った。心中を図った日、咄嗟に小判を隠した木を探した。根元が大きく地面から盛り上がった木を見つけると、まわりに人がいないことを確かめてから、そうっと木の虚を覗き込んだ。重なりあった小判が光を放っていた。思わず喜八は胸の前で手を合わせたあと、持ってきた布に小判を包み込んだ。

小判のおかげで借金を返すことができた。妓楼の楼主は、今回の事件に対する殿様の温情に感銘を受け、殿様を見習おうと、喜八の手元に残った小判の額にて、すんなりと由女小を妓楼から解放した。

人の噂も七十五日という諺どおり、世間の風当たりも和らいで、喜八は畳を仕立てる毎日に戻った。親方の庄三郎に謝り、一から出直すことを許された。

畳屋から戻れば、由女小が家にいる毎日だ。

「おかえりなさい」

由女小が笑顔で迎えてくれる。由女小と暮らせる日々がこようとは、一年前には想像もできなかった。

「ただいま」

夕餉（ゆうげ）の汁物の匂いが漂っている。

「猫が来てるの！　見たことのある猫よ」

いち早く報（しら）せたいと思ったのか、由女小が早口で喋った。

「どこにおるの？」

「勝手口の前に座っとったから、中に入れたの」

猫は暖を取りたいのか、土間にある窯の近くにうずくまっている。喜八は近寄って、猫の頭にそっと触れた。

「おまえ、神社に暮らしとる猫だろう。なぜおれの家に来た？」

頭から背中にかけて、白と黒の毛を梳かすように何度も撫でると、猫は瞼を閉じて喉を鳴らした。かつて神社で由女小と一緒になりたいと祈願した日のことが、脳裏に甦った。

猫は喉のごろごろとした音を響かせたまま、ころんと横になって四肢を投げ出し、撫でまわされるままになっていた。

第二話　からくり山車と町奉行

一

お天道様が、今日一日は上機嫌でいてくれそうな、気持ちのよい晴れ間が広がった。

文化八年（一八一一年）四月二十一日の名古屋である。雲の動きが妙に速いが空は青く、陽がたっぷりと注いでいる。

お富美は祭見物の場所取りに、いちばん乗りでやってきて、地面の上に小さな茣蓙を敷いた。顔も背中も腰まわりも、年々丸みを帯びて自ら重みを感じているが、心はわりかし軽やかだ。今年も神輿やからくり山車の行列を、良い場所で見られそうだと、わくわくしている。

お富美の家業である田楽の店は、繁盛しすぎて働き詰めだが、御祭礼の日だけは一日店を閉めると決めている。

そんなお富美に、亭主は呆れている。

「たまの休みに、朝の早うから祭の場所取りに出掛けるなんぞ、おれにはできぬ芸当だ。おれは寝る」

祭の見物に付き合う気のない亭主などは放っておいても、お富美の仲間は、わんさか集まってくる。

日頃、店を切り盛りしているだけあって、顔は広い。

「今年もいちばん乗りかね。さすがに、お富美さんには勝てんな」

お富美と同じ玉屋町に住む初老の虎太郎が、隣に座った。

本町通に東照宮祭のからくり山車が通るまで、まだ何刻もあるが、場所取りの列は、何重にも後ろに連なっていく。

陽を浴びて、お喋りしながらのんびり待つのもまた、お富美流の祭の愉しみ方だ。

そこへ祭礼前の見廻りなのか、名古屋町奉行の田宮半兵衛が、馬に乗って南の方角から近づいてきた。

「うわっ。虎さん、町奉行の半兵衛さんが、麗しく登場だよ」

虎太郎も首を伸ばして、南からやってくる半兵衛の方を見た。

「ほんとだがね」

「半兵衛さんが馬に乗ってる姿、あたしゃ好きだねぇ。背筋がぴーんと伸びた姿に、ほれぼれするわ。半兵衛さんを眺めていられるんなら、山車のからくり人形なんか見んでもいいくらい」

お富美がべた褒めをする田宮半兵衛という名の町奉行は、城下町ではちょいと名の知れた人物で、人の噂話にもよく上る。

無駄のない流麗な所作は、剣術家と言われればそうも見えるし、「静」の世界、たとえば茶の湯も似合いそうな趣でもある。

一見、取っつきにくそうな高貴な雰囲気をまとっているが、話してみれば実に気さくだ。庶民と同じ目線に立って話す人で、外見と内面の差が、魅力を増大させている。

お富美の隣で、虎太郎が呟いた。

「半兵衛さんはさ、毎日、日の出前に起き出して、素振り百回。一日も休まずだとさ。そんで、道場での剣術稽古の折には、見学の者がごまんと囲んでおるらしい」

虎太郎は、町の噂にかなり詳しい。

「わかるなぁ。あたしだって、店さえ暇なら、半兵衛さんの武芸稽古を、毎日覗きに行きたいくらいだがね」

話の俎上に載せられている当の本人、田宮半兵衛が、軽やかに蹄の音を立てながら、目の前に迫ってきた。

「よっ、色男！　陣笠がいたく似合っとる」

虎太郎が、気軽に声を投げかけた。いくらなんでも、お奉行様に向かって、そのかけ声はどうなのかとお富美は心配になるものの、尾張名古屋の「馴れ合い」が何でも許してしまう。まわりに温かな笑い声も広がって、皆が半兵衛を見る。

半兵衛が馬の動きを止めた。陣笠の下の口元が苦笑している。

「茶化さんでくれぃ」

半兵衛は虎太郎に視線をやるが、多少照れているような声に聞こえた。声がいい。やや低めだが、よく通る。お富美の胸の奥に心地よく響く。

お富美が、いつもより高めの声で話し掛ける。

「お奉行さん。ちょいとお痩せになりましたね」

「苦労が多いと、痩せるのさ」

半兵衛が、伏し目がちに答えた。

虎太郎が口を開く。

「働きすぎでは？　お奉行が自ら見廻りせんでも、悪さする人なんか、そうそう、おれへんて」

天下泰平の世ではあるが、なかでも尾張名古屋は平穏そのもの。ぬるま湯のような土地柄では、悪事のみならず、新しい変革を起こす気力さえも時に萎えさせる。

「それがしも同じ考えだが、本日ばかりは特別な日だで目を光らせとらな、いかんのだわ。東照大権現様（徳川家康）が山車の上に御降臨あそばされる御祭礼の日に、何事かあったら、それがしの首が飛ぶでな」

半兵衛は、自らの右手を喉元で水平にして首に当てた。

「わし、数日前に、意外なところでお奉行を見かけましたに」

虎太郎が、にやりとした。

「えっ、どこどこ。お奉行さんが、どこにおりゃぁたの？」

お富美は興味津々で尋ねた。

半兵衛に動じる気配は微塵もない。

「それがし、やましいところには、一歩たりとも足を踏み入れた覚えは、ござらんに」

言い終えて、半兵衛がひょいと馬から降りた。

「いや、ちょっとばかり意外な場所でしたんでね。ああ、お奉行も、こういう場所に来やぁすかと、驚きました」

「えっ。だから、どこでお奉行さんを見たの？」

お富美は答えを急かした。むくむくと興味が湧いて、虎太郎がもったいつけた言い方をするのをじれったく感じる。

虎太郎が、ばらしてよいかどうか、問うような目つきを半兵衛に向けた。

「おから猫神社で、見かけたか？」

半兵衛は、自ら答えを口にしている。

「あい、そのとおり」

「なんだ、猫神社ね。そりゃあ、お奉行さんだって猫神様に願掛けくらいするわよねえ」

お富美は拍子抜けして、半兵衛に同調する。

「お奉行が、おから猫様にどんな願い事をされるのかなと考えたら、わし、見てはいけないような気持ちになって、どぎまぎしてしもうた」

「声くらい掛けてくれりゃ、ええのに、虎さん」

半兵衛は、虎太郎の名前もちゃんと覚えているようだ。

「声を掛けにくい雰囲気だったな」

「それがし、おから猫神社には毎年行っておるのよ。東照宮祭が無事に終わりますようにと、いつも祈願する。だから毎年滞りなく終わっておる」

「祈願するのは、そんだけですかい?」

「ほかに何がある?」

半兵衛が眉を上げげた。

「ありゃぁすでしょう。いろいろと」

「特にござらんわ」

喋っているあいだにも、後方に人々が続々と集まってきて、見物の場所を取ろうとしていた。

「今年は人出が多いなぁ」

半兵衛があたかも今気づいたかのように口にする。そして、視線を少し遠くにやり、虎太郎の後方にいた人たちに話し掛けた。

「旅装の御方、どこからお見えになった？」

「美濃太田から」

「わしは、三河の吉田」

「ほう。他国からも来ておられるか。さっき、玉屋町の宿の主が、部屋がいっぱいで五十人以上の人に断り続けておるような話をしとったが、宿は取られましたかな」

誰とでも気さくに話す半兵衛の姿を見て、お富美は他国の人に、ぜひわが町のお奉行様をもっと見てほしい気持ちになる。

「いいや。断られました。わっしもさっき、玉屋町という場所の旅籠屋に行きましたけどね。すでに満員らしくて」

「おれも宿無しさ」

名古屋じゅうの旅籠屋は、数日前から宿を求める客でうまっている。祭のからくり人形だけでなく、つい八日前に尾張徳川家第十代当主の徳川斉朝が尾張へ初入国をし、その殿様行列を見ようと人が集まったせいもある。

人の世話を焼くのが大好きなお富美は、宿無しの人々を放っておけない気持ちになった。迷わず、後ろを振り返る。

「んで、宿無しの方々、今夜はどうするの？」

「どうもこうも、宿がないなら、野宿かな」

「野宿すると、野犬に襲われるよ。よかったら、うちの店の二階に泊めたるがね。うち、田楽屋だけどね、二階が広い座敷になっとるの」

すると後ろのほうから、話を聞いていた女が、手を上げた。

「あの〜。二階の部屋に泊めていただけると仰（おつしや）った方、ぜひわたしもお願いします。宿がなくて困っているのです」

「泊めたるよ〜。こっから、だいぶ歩かなかんけど、ええ？」

「どれだけ遠くても構いません」

「わしも、泊めてほしい」

「ええよ」

「おれも、泊めて」

「なぁにぃ〜。みんな宿無しの、気の毒な旅人かね。祭の行列が終わったら、あたしについてきな。みぃんな、束にして泊めたるがね。うちの二階に入りきらな、隣人に頼んだるでね。うちの右隣はさ、平打ち饂飩（うどん）を出す店でさ、これがとびっきり美味（おい）しいんだわ」

お富美が「とびっきり」の部分に特に力をこめ、手振りもつけて話す。

「平打ち饂飩、ええねぇ」

旅装の一人が、目を輝かせている。

「いっぺん、食べてみや。溜まり（醤油）の出汁の加減が、絶妙でね。一度食べると、直ぐまた三日後には食べたくなるでかんわ」

「ぜひ食べていくわ」

食べ物の話になると、人々の顔が急に明るくなる。お富美は嬉しくなって、ついつい熱を込めて話してしまう。

「ついでにうちの店の、田楽も食べてってね。うちさ、八十になるおばあちゃんが、味噌おでんを作っとってね。これがまた、絶品なんだわ。口に入れたとたんに、ほろほろと溶けそうになるくらいに大根が軟らかく煮込んであって、出汁もよう染みとるんだけど、甘辛い味噌をちょっとだけつけて食べると、そのまま倒れ込みそうになるくらいだよ。手前味噌で悪いけど、ほんとに美味しいから。亭主の作る田楽も、なかなかいけるよ」

お富美が路上に座って旅人たちと話し込んでいると、ふと猫の鳴き声が聞こえた気がした。顔を上げると、白と黒の体毛に覆われた猫が、すぐ近くの家屋の屋根にいる。猫はじっとこちらを見ていた。

視線を戻したとき、すでに田宮半兵衛は再び馬に乗っていた。蹄の音を立てながら、城の方角へ向けて去っていく。

「ねえ、虎さん。お奉行様がおから猫神社で、何をお願いしたのか、気になるわね」

「だろう？　社の前で長々と手を合わせておらっせた。御祭礼の無事を祈っておっただけじゃぁ、ないと思うね」

二

名古屋城二ノ丸御殿で、十九歳の殿様である徳川斉朝が、二人の家老と顔を突き合わせていた。一人は成瀬隼人正で、もう一人は竹腰山城守である。

斉朝は、家督を相続して以来、はじめて国許の尾張へ入国したばかりであった。

二ノ丸御殿の庭は、古めかしい唐風の庭で、尾張徳川家初代の徳川義直が作らせたという厨子がある。中には孔子をはじめとする五体の金の聖像がしまってあるというが、今は封印しておきたい。過去を引きずることなく、新しい時代へ突き進みたい。

「余は、尾張の民に受け入れられるだろうか」

斉朝は憂いを口にした。

「殿。何をご案じになっておられますやら。御入国の際に行列を拝見に来た群衆は、尾張の民だけではございませぬ。美濃や三河からも、殿の初入国をお祝いに来たのでございまする」

成瀬が眉を上げ、低い声で答えた。成瀬は三十路前だが、年齢に不相応なほどの威厳に満ちている。

「余が尾張の民であれば、複雑な思いがする。素直には受け入れ難い」

斉朝は俯き加減だ。

「なぜに、さようなお考えを持たれまするか？」

「余は、養子の身。尾張徳川家はじまって以来脈々とつながっていた血統が途絶え、はじめて別の血の流れた者が家督を継いだのだ。少なからず尾張の民は、残念に思うておるだろう」

地味な唐風の庭を見るだけで、斉朝とは丸きり考え方の違う当主たちが尾張を治めていたとわかる。庭を自らの趣味に合わせ、草花が咲き乱れる園地に造り替えたいと感じる。

「別の血と申しましても、殿は、徳川宗家に限りなく近い御血族。殿が家督を継がれることにより、尾張徳川家は格式を上げたのでございまする。喜ばしいこと、この上のうございます」

成瀬の言葉に、斉朝はしばし黙った。斉朝の父は一橋家当主の一橋治国であり、将軍徳川家斉の弟である。

斉朝より二歳年上の竹腰が、張りのある声で成瀬の言葉に付け加えた。

「どこの家もたいがい、養子が入るとその家は隆盛するのでございます。武家のみならず、商家においても養子の当主が商売を繁盛させる話はよく聞きまする」

成瀬が深く頷いた。

「当然の理でありますな。家の繁栄を導くような人物を探し出して当主にするのでありますから。家を沈没させるような養子との縁組みなど、端から話が出てまいりませぬ。殿の場合も同様、尾張徳川家のさらなる繁栄のため、選ばれたのでございまする」

「余が、尾張徳川家の繁栄を築けるかどうか」

「殿は何もご案じなさらずとも、よいのでございます。政は当面、ここにおります山城守とそれがしとで行いまする。さすれば自ずと、殿が民に慕われる結果となりましょう」

「自信家であるなぁ、成瀬は」

目を再び庭に移せば、白黒の毛の猫が歩いているのが見えた。猫は動きを止め、斉朝を見つめ返してきた。

「猫がおるぞ」

斉朝が指さした。成瀬が腰を上げ、右の掌を振った。

「しっ」

斉朝が慌てたかのように、成瀬を制したが、猫は同じ場所に留まっている。

「追い払わぬでもよいではないか。なかなかに凜々しい顔立ちの猫である。白い毛の色が、一瞬、光って見えたぞよ。何となく神々しさを感じる。城で飼っておるのか？」

「猫など、城内では飼いませぬ。強いていえば、御土居下御側組同心が、城の北西で黒猫を何匹か手懐けておるくらいでしょうか。猫の瞳の大きさで時を知るためでございまする」

「この猫を、二ノ丸御殿で飼ってよいか」

斉朝の希望に、成瀬と竹腰は顔を見合わせた。

「あまりお勧めはいたしませぬ。猫は畳を爪で毟りますし、障子に穴を開けまする」

猫はほんの数歩だけ近寄ってきてから地面に腹をつけ、やがてごろりと横になって、右の前脚を舌で舐めている。

「殿の前で、くつろいだ様子を見せるとは、ずいぶんと礼儀知らずな猫である」

成瀬の言葉に、斉朝は声を立てて笑った。

「猫に礼儀も何もあるまい。ほれ。こちらに来たれ。近う、近うに」

猫は動きを止めて起き上がり、ぶるるっと毛を震わせると、さらに距離を縮めた。

「猫よ、名は何と申す」

猫に言葉を掛けたら、成瀬が口を挟んだ。

「殿、野良猫のゆえ、名前などありませぬ」

竹腰は、何かを思い出したような明るい顔をした。

「そういえば、殿。城の南、前津の地に、《おから猫》という猫神を祀った社がございます。おから猫に願掛けをいたしますと、たちまち願いが叶うという伝説がございます」

「ほう。猫神社が、城下町にあるのか。ぜひ行ってみたいものだ」

成瀬が渋い面をする。

「おから猫が人々の願いを叶えるという話は、俗世の単なる噂話に過ぎませぬ。けして殿にお出掛けいただけるような神社ではございませぬ。殿にお出掛けいただく神社といえば、三ノ丸の東照宮。まさしく本日、東照宮の祭がございまする」

「東照宮の祭とは、いったい何か」

斉朝が尋ねると、二人の家老は、少々慌てた素振りを見せた。

成瀬は、半分ひっくり返りそうになって背を反らしている。

「殿。以前にも何度かお伝えしたかと存じまするが、各町から山車が引き出され、東照大権現様が、山車の上のからくり人形を依り代として天から地上へ御降臨なさる、尾張徳川家が最も大切にしている神事でございます」

言葉は丁寧だが、（御家の神事を、当主がいまだ理解しておらぬとは、何ごとか）と言いたそうである。

「今年の御祭礼は雨天順延し、殿の命にて、本日に執り行われることになっております」

「余は、何も命じておらぬけどな」

「しばらくの政は、山城守とそれがしが殿の名代として……」

「わかった」

斉朝はすぐ近くまで来た猫に気をとられ、成瀬の話などどうでもよくなった。立ち上がると猫が膝下に頭をこすりつけてくる。

「人懐っこい猫だのう。よう来たのう。どこからやってきた？」

猫はされるがままに撫でられ、顎もあげて、心地よさそうにしていた。

斉朝は猫の胴体に手をまわして胸に抱き上げた。額の丸くて黒い模様が愛らしい。

「人間の願いを何でも叶えてくれる猫神ならばよいのにのう。さすれば余は願い事をするぞよ。余は、尾張の民に好かれたい。余は、尾張徳川家の先代（徳川宗睦）ほど有能ではないが、民からは、よき殿様だと思われたいのじゃ」

猫は耳だけを僅かに動かし、じっと声を聞いているように見えた。

成瀬が膝をいざらせて、斉朝の方を向いた。

「野良猫を慈しまれる殿のお優しいお気持ち、それがし感じ入りまする。ただ一国を治むるには、慈愛のお気持ちだけでは務まりませぬ」

成瀬が一つ咳をして、さらに言葉を続けた。

「しかしながら、殿におかれましては、まだ尾張に御入国されたばかり。政治についてはおいおい言及させていただくとして、まずは東照宮祭の神事の無事を、ご祈念くださ
い」

成瀬の太い声が響いた。

「そうさなぁ。東照宮祭のからくり山車を、楽しみたいものだ」

「今年は殿が御入国とあって、どこの町も、山車の意匠には殊更にこだわっております。人形を新調した町もございまする」

竹腰もまた、からくり山車を楽しみにしている様子である。

東照宮祭の話を続けていると、猫は斉朝の膝の上から移動して、縁側で伸びをして中庭に降り立った。

「どこへ行く？」

斉朝は咄嗟に猫を引き止めた。膝の上にもっといてほしい。

「猫とは、かように気まぐれなもの。それがしは、猫より犬を好みまする」

「成瀬殿は、犬山城主であられるから、犬好きは当然でございましょうな」

二人の家老が同時に笑った。

三

上畠町に住む十九歳の志乃は、はじめておから猫神社を詣でた。

まもなく東照宮のからくり山車が、町に引き出されるという刻である。

今日は、夫の惣吉が、山車の内部に乗り込んで、からくり人形を操る日である。惣吉は師匠の玉屋庄兵衛に人形作りを学びながら、自ら人形も操るし、バネとぜんまいと歯車で動く「機巧」で、何か新しいものを作り出そうと試みている。

志乃は人形の着物を仕立てていたが、近ごろは志乃自身もからくり人形を作りたいと思うようになった。

鳥居をくぐりながら、あたりを見渡す。

(だあれも、神社にいないのね)

噂によく聞く神社だったから、混雑しているかと思っていたら、実に静かである。周りは木が鬱蒼としていた。

「上畠町の、志乃と申します」

志乃は、声を出して名乗った。

「おから猫様、聞いてください。お願い事はたくさんあるのですが、まずは、本日の御祭礼で惣吉の操る唐子人形がうまく動きますようにお願いいたします。ちょうどいまごろ、御前披露で殿様にからくり人形をお目にかけている頃合いかと思います」

一礼した。息を継ぎ、さらにつけ加えた。

「それから、わたしは将来、惣吉と一緒に、茶運び人形を作りたいと思っています。神様、茶運び人形って、知っていますか」

志乃が顔を上げたとき、社の屋根の上に、一匹の猫がいた。白と黒の体毛で、おでこと背中の一部が黒っぽい。

（あら。おから猫神社によく猫がいるとは聞いていたけど、本当にいるんだ）

「あなた、神様の使いなの？」

志乃は猫に尋ねた。

猫は何も答えず、胡散くさそうに志乃を見てから、前脚をくるりとまげて胸の毛の中にしまい、香箱座りになった。

「猫ちゃんに、茶運び人形の絵を見せてあげる」

志乃は、懐に仕舞っていた一冊の書物『機巧図彙』を取り出し、開いた。書物は惣吉が師匠からもらい受け、さらに志乃も毎日ながめて機巧の仕組みを頭に叩き込もうとしているものの、難儀している。歯車の歯を彫る作業だけで何度も失敗した。

「茶運び人形とは、これです」

書物に書かれた茶運び人形の、歯車がいくつも縦に並んだ体の中の図を、猫に見せた。猫は一瞬ちらりと見たが、また眠そうに目を閉じた。次に志乃は、図を社の正面にも向けた。

「神様にも、見えますか？　これが茶運び人形です。いずれ、人形がぜんまい仕掛けで人に近寄っていき、お茶を差し出したら、再び元の位置に戻ってくるような、そんな人形が作れますように、願いを叶えてください」

猫が動いた。うつぶせ寝のような低い体勢になったあと、右の前脚を長く前に伸ばして指と指の間を開いていた。猫はますます眠そうな目になり、すぐにでも微睡(まどろ)みそうだ。

志乃は『機巧図彙』を閉じた。

「それから、家の雨漏りを惣吉が直してくれると言っていたのですが、早く直してくれますように。うちは、夏以外はとても寒いんです。雨は漏るし、隙間風は吹くし。暖かい家に住めるようになりますように。それに、家の引き戸の鍵も壊れていて」

猫は再び体の向きを変えた。志乃の話に飽きたように見える。

志乃は、あれこれお願いするのはいけないような気分になった。

「いっぱいお願い事をされても、神様も猫も困っちゃいますよね。でも付け加えます」

一呼吸おいてから、志乃は言葉を続けた。

「おトメおばあさんのこともお願いしたいと思います。わたし、惣吉のところにお嫁に来たとき、近所の人たちに、茶運び人形を作りたいと話したら、みんなに鼻で笑われたんです。『そりゃ無理とちゃう？　職人仕事は亭主に任せておけ』って感じの顔でした。でも隣人のおトメさんだけは、わかってくれたんです。『お志乃さんは若いから、わたしの時代と違ってなんだってできるようになるよ。人形を人が操らなくても、勝手に動く時代が、きっと来るよ、お志乃さんが作って』と、言ってくれたんです。嬉しかったです。でも、おトメさんはここのところ体が辛いのか、床に臥せってばかりです。早くよくなりますように」

志乃が、もと来た道を戻ろうとしたとき、声が聞こえたような気がした。

——願い事は、一つにしてほしい——

志乃は、はっとして振り返った。

社の屋根から、猫が消えていた。

四

町奉行の田宮半兵衛にとって、名古屋東照宮祭は一年でもっとも気が張る日だ。

今年も城下から九台の山車が引き出される。人形にも、山車の車体の幕にも、町人たちがどれほどの力を注いでいるかを知っている。

七間町の幕が変わったとか、人形が新しくなったなどという話題が、ひっきりなしに人々の口に上る。山車の周りには、「お固め」や「警固」と呼ばれる人たちが取り巻くが、人数は年々増えて、今年は行列自体が千人を超えているだろう。

からくり山車が城郭内の三ノ丸から、城外へ引き出される前に、御前披露が行われる。

半兵衛は遠くから、その様子を見守っていた。

若き殿様はご機嫌麗しく感じられた。七間町の者どもが、山車の上に設えた五条橋で、弁慶と牛若丸の人形芝居を御覧に入れている。小さな牛若丸に大きな弁慶が倒されると、殿様は立ち上がった。

「天晴れである！」

殿様の若々しい声が聞こえてきた。ご満足のよし、一家臣として、半兵衛は嬉しくなった。

次に、鶴のからくり人形の手練れ、玉屋庄兵衛が操る伝馬町の林和靖車が、御前に引き出された。鶴は頭を伸ばして笊に入った芹を食み、羽を動かす。まるで本物の鶴のごとき動きを見せる。殿様も、家老たちも引き込まれている様子が伝わってきた。

続いて、桑名町の湯取神子車、宮町の唐子車が披露され、最後の山車が、本町の猩々車だ。

御前披露がすべて終われば、山車は本町通へ神輿とともに引き出されて、南の御旅所(おたびしょ)まで南下する。その距離は一里弱だ。

半兵衛には、町奉行として行列の先駆を務める大役が待っている。

朝のうちは清々(すがすが)しい青空が広がっていたが、四ツ時（十時頃）になると雲が次第に増えてきて、風も強くなっていくのが気になった。猩々人形の赤い髪の毛が、風にあおれ揺れていた。新緑の季節には珍しいほどの強い風とも言える。

ふと、半兵衛の胸の内に、気掛かりな思いが湧き上がった。

（祭礼は無事に終わるだろうか）

何年も祭の先駆(せんく)を務めてきて、はじめて生じた思いである。何を恐れることがあろうか。しいて言えば、例年行っていた、おから猫神社での祭礼無事を祈願しなかったことが心に引っかかっている。今年だけは、別の事柄を祈願したのだ。別の祈願とは、おのれ自身に関する事柄である。

出世したい。

禄(ろく)を加増してもらいたい。

できれば勘定奉行になりたい。

本音を神様に伝えたものの、今になって、公より私を重んじたおのれの未熟さを恥ずかしく思う。四歳になった養子の彌太郎(やたろう)が、このところ目を見張る成長を遂げて、親も気張らねばと奮起していたからだ。

おから猫神社で祈る姿を虎太郎に見られたと聞いたとき、しばし動揺した。動揺を悟られぬように隠すのは、わりとお手のものであるが、今、祭礼の行列がはじまろうとするとき、急に不安に襲われるのは、心が乱れている証かもしれなかった。

「今日は風が強うござるな」

隣にいた町奉行同心も、空を見上げた。

最後の猩々車の御前披露が終わろうとしていた。いざ、行列の先頭を切って、進まねばならぬ。

「行くぞっ」

半兵衛は気持ちを切り替えた。半兵衛の馬のあとには、千人以上が行列となって進む。九台の山車の前後左右に追随するお固めの者どもの外側に、さらに侍がついて進み、町の辻には竹矢来が組まれて見物人が横切らぬように柵止めがしてある。

さながら参勤交代の様相だ。行列の主が殿様であるならまだしも、東照大権現様のご神霊が、山車あるいは神輿に御降臨されていると思うと、先駆を務めることすら畏れ多い。

後続の山車の内部からお囃子が鳴り響き、人形の動きに目を奪われている見物人たちが、ときどきどよめく。

目的地の御旅所の近くまで馬を進めた。お天道様が、頭の真上近くにあった。

そのとき、ほのかに煙の臭いが鼻先を掠めた。風に乗って運ばれているようなかすかな臭いだ。

馬上から後方を振り返ると、城の西方に、煙が上がっているのが見えた。心ノ臓が、ぎゅっと縮こまる。風はかなり強い。火事だとすれば、類焼して大惨事になる恐れもある。

半兵衛は、一度前を向いたあとすぐに、もう一度、後方を振り返った。やはり間違いなく火事である。

馬の向きを変えた。うしろに続く山車の行列に目的地まで進むよう促しながら、半兵衛は列をはずれて、逆戻りしながら事態の確認を急ぐ。すると、半兵衛を追ってきた二人の町奉行同心に、上畠町あたりの民家で火事が起きていると聞かされた。すでに火消しが向かっているという。

馬のたてがみが靡くほどの風で、馬は足をもたつかせた。

まもなく、「火事だ、火事だ！」と大声で人々が叫びはじめた。

「上畠町あたりが燃えている！」

祭見物の人々が火事に気づいて、動揺しはじめている。

もはや、からくり人形を見ている者はおらず、火事の煙を眺めて叫ぶ声だけが聞こえる。

空に灰が舞っている。

祭見物の人たちはもみくちゃになり、身動きすらできぬほどの混雑だ。安全な場所に向かおうとしても人にぶつかり、あるいは山車の行列に遮られ、辻には柵止めもある。ますます人々が混乱していく。

「火の粉が、こっちに向かっているぞ」

見物人たちの悲痛な声が聞こえて、半兵衛は冷静になれと自分に言い聞かせた。

慌てた人々の声がさらに大きくなる。

「東へ移動するか」

「東へは行けない。御祭礼の行列が通るから」

「ならば南へ逃げるか」

「人がいっぱいで、南にも行けない」

赤子の鳴き声が響き渡る。

「なんとか行列を横切って、東へ移動できぬか」

「竹矢来の柵がある」

「柵なんか、越えればいい」

「柵を越えて、行列を横切ったら、打ち首だ」

「打ち首になんかならぬ。火事なのだから」

「だめだったら」

男も女も、柵の向こうで押し合いへし合いしながら、うろたえていた。

半兵衛は決めた。混乱を収め、なんとしてでも町の人々の命をまもる。半兵衛は二人の町奉行同心に、はっきりと宣言した。

「火急につき、御祭礼は中断する！　今から触れ回る。後に続け、よいな」

幼い彌太郎の顔が一瞬浮かんだが、半兵衛に迷いはなかった。決断のときだった。

同心が不安そうな顔をした。

「町奉行の独断にて、御祭礼を中断するのですか。尾張徳川家の大切な神事でございまする。軽々しく中断してよいものでしょうか」

「大権現様のご命日の神事でございまする」

別の同心も声を震わせた。

「いざとなれば、それがし一人が腹を切れば済む。もたもたしていては取り返しがつかぬ。死者が多数出てからでは遅すぎる。これ以上、御祭礼を続ければ、城下はますます混乱する。急ぎ、触れ回る。行列のお固めを解き、東西の柵を開けさせ、人々を避難させる。よいな」

半兵衛の決意が同心たちに伝わったようだ。

「承知仕りました！」

「よし、行くぞっ」

半兵衛を先頭として、三頭の早馬が、来た道を走り出した。

馬を走らせながら、よく通る大きな声を出した。

「大火事のため祭は中断いたす。行列のお固めを解け！　東西の道の柵を開けよ！　火急の事態である！」

停止した山車の幕の中から、お囃子隊が飛び出してくる。

行列はすでに隊列をなしておらず、人々が入り乱れた。

「ひぇっ、祭が中断？」

すべての山車が、停止した。

からくり人形を操っていたはずの木偶師たちも出てきて、呆然と空を見上げている。

「志乃！　志乃は、無事か！」

木偶師の一人が、山車のすぐ前で叫んでいるのが見えた。

半兵衛は必死だった。自らの命を捨ててでも、なんとかしなければならぬとの思いで突っ走った。尾張徳川家に仕える一家臣でありながら、今は御神霊より、城下の人たちの命が何よりも大切だ。

町の人々をどこへ誘導すべきかを見渡した刹那、一匹の猫が、まるで逃げ場を指し示すかのように、西から東へ飛び去るように駆けていったのを見た。迷っている暇はなかった。

「東へ！　西にいる者は本町通を横切り、東へ進め！　神輿の前を横切ってよい」

半兵衛は大声で人々に告げるが、躊躇する者がいる。

「神輿の前を横切るなど、あとで打ち首にならぬか。本当に渡ってよいのか」

だが、柵が取り払われたとたんに、本町通の西側にいた群衆が一斉に駆け出して東側に横切った。

「大船町や材木町あたりにも、火が回っておるぞ」

西の空は、次第に黒くなり、灰色の煙にときどき赤く大きな炎が見えた。真っ黒な灰が空から落ちてくる様子も見える。

腕を前に出し、他人の背中を押して進む者、慌てて途中で転ぶ者、咳き込みその場にうずくまる者がいる。

「御祭礼が、めちゃくちゃだ」

「仮にも大権現様の御行列……。わしゃ、どうなっても知らんぞ。恐ろしや」

老人が地面に膝をついて拝んでいる。

「大権現様の霊が、お怒りになる」

「尾張名古屋はじまって以来の、災難じゃ。地獄のはじまりじゃ」

誰が何を叫ぼうと、半兵衛は自らの決断に間違いはないと信じたかった。

幸い、行列や柵に遮られて逃げ場を失う人たちはいなくなった。

馬で北上した半兵衛は、名古屋城内の三ノ丸に入り、桟敷席へまかり出た。家老の成瀬と竹腰が、火事の様子を気にしている。半兵衛は、両家老の前に出て、平伏した。

「畏れながら、大切な御祭礼を、それがしの独断でもって中断いたしましたこと、深くお詫び申し上げまする。どのようなご沙汰も、引き受ける覚悟でおりまする」

頭が上げられなかった。だが、意外な言葉が上から聞こえた。

「英断であった」

「祭を継続できる状況ではござらん」

「おそらく殿（斉朝）も、了解なさるであろう」

両家老から、お褒めの言葉を頂戴して少し安堵した。

「それで、火事の様子はどうだ」

「町火消しが懸命に消火に当たっております」

その日の夕方には、被害の様子が概ね判明した。

火事は、上畠町南の町屋あたりから出火し、火は四間道通へ出て、沢井筋まで広がり、西は信行院筋東側の家まで類焼した。強風のため、ほんの僅かな間に広範囲に燃え移った。だが、火事の原因はわからなかった。

半兵衛が胸をなで下ろしたのは、死傷者が出ているという話が、今のところ皆無なことだ。皆が祭礼を見物するために留守にしていたのが幸いだった。

五

お富美が、宿無しの人たちを自分の店に連れ帰ったので、田楽屋の三十畳ほどの二階は、人でごったがえしていた。

「名古屋に来て、大火事とは魂消たねぇ」

「とんだ騒動だった」

「からくり山車が、半分しか見られなかった」

最初こそ、旅人たちは残念がって、暗く重い空気になりがちであったが、お富美の亭主が、酒と田楽を振る舞うと、次第に二階の客たちは、疲れも解けて宴会の様相になっていった。

場を盛り上げるのは、お富美であった。

お富美がお喋りをはじめると、暗い空気も、ぱっと明るくなる。

「半兵衛さんの、『お固めを解け！』の声が耳に響いてきたときに、あたしゃ、呆然としちゃって、目前の柵が取り払われても、しばし動けんかったさ。半兵衛さんが、早馬に乗って前傾姿勢になって駆け抜ける姿を、必死に目で追っているうちに、西側にいた見物客が、どーっと行列を横切ってきてさ、こっちに向かってくるじゃあないの。踏みつぶされそうになったがね」

お富美の脳裏に、半兵衛の姿が焼き付いている。

「んだよ。お富美さんが、ちっとも立ち上がらぬから、立たせてやったのさ。腰を抜かして歩けんようになったかと思うた」

同じ玉屋町に住む虎太郎が、お富美の店にまでついてきて、旅人に交じって二階の部屋で喋っている。宿無しどころか、すぐ近くに住んでおり、いつでも帰宅できるはずだが、帰ろうとしない。

旅人たちは、本日会ったばかりのお富美を「お富美さん」と呼び、すっかり打ち解けていた。

「わしらぁ、お富美さんについてかないと、宿無しだもんで、ずうっとお富美さんを見て待っておったけど、なっかなか動けへんから、どうしようかと」

「何度も言うようだけど、あたしゃ、町奉行の勇姿に目が釘付け（くぎづ）けで、よう動けん状態だった」

「名古屋の町奉行さん、庶民を大切にしておる感じがした」

三河からの旅人が口にした言葉に、お富美は舞い上がった。

「ええこと言うがね。ほんと庶民思いでね。今日、遠くからからくり山車を見に来た人たちはね、名古屋町奉行の勇姿を見ることができて、よしとせなかんわ。からくり山車なんか、来年も見られるけど、町奉行の最高に勇ましい姿は、名古屋に住んどっても、一生に一度見られるかどうかだよ。あなたたち、本当に幸運だがね」

「ここに泊めてもらえたのも、幸運だ」

「お富美さん、また一夜を泊めてほしいという人が来たよ。家が火事で燃えたそうで、泊めたって」

一階から、声が聞こえた。

「上畠町のほうの家の人かね」

お富美は階段の近くで、階下に向かって尋ねた。

「そのようだ。若い夫婦とご老人だ」

「みんな泊めたるよー。ぎゅうぎゅう詰めの部屋も、たまにはいいがね」

お富美は、やってくる人々、全員二階に押し込んだ。

夜になって現れた若い夫婦とは、からくり人形師の惣吉夫婦で、顔を見知っている。

惣吉の師匠の玉屋庄兵衛が、お富美の店のすぐ近くに住んでいるから、庄兵衛に連れられて、何度か店に来たことがあった。

「おやおや、大変だったたねぇ」

お富美は惣吉に同情し、隣にいる新妻らしい志乃にも声を掛けた。

「師匠の工房は人でいっぱいで。お富美さんのお店の二階に泊めてもらえると聞いてきました。せめてこのご老人だけでも泊めてください」

惣吉と志乃が頭を下げた。

「誰なの？」

「隣人のおトメさんです」

「みんな泊めてあげる」

火事の翌日も、お富美の田楽の店は臨時に店を閉めた。旅人は礼を述べて出立していったが、焼け出された人々が数名、途方に暮れて店に残っていた。

札の辻に高札を見に行った惣吉が、殿様の御仁恵により、家を焼失した者に見舞金が出される旨が書いてあったと報告に来た。

まるっと覚えてきた御触書の文面を、惣吉がお富美だけでなく、志乃やおトメにも披露する。

「昨二十一日、御成先（おなりさき）において出火の様子を聞こし召され……」

朗々と読み上げられた御触書の言葉に、聞いていたものが感動する。見舞金が前代未聞の高額でもあり、家を再建できる見通しすら立つ金額だった。

「有り難いことだ」

「お殿様は、民を大切にしてくださる」

皆が口々に言い合っている。

やがて、惣吉の妻である志乃が、ぽつりぽつりと語りはじめた。その話に、お富美は耳を奪われた。

「あの日、わたしはおから猫神社に行ったあと、本町通まで戻り、山車の行列が来るのを待っていました。でも、ちょうどうちの方向に、煙がうっすら立ち上っているのを見たんです。うちの近くのような気がして、様子を見に戻るか迷っていたら、次第に煙がひどくなり、おトメさんを思い出したんです。ずっと床に臥せっていらしたから、逃げ遅れたら大変と思い、走って到着した頃には、ひどい煙で。でも、おトメさんは家を抜け出て、真正面からよろけながら歩いてこられたので、わたしの背におぶさってもらい、逃げてきました」

お富美は、志乃の華奢（きゃしゃ）な体のどこにそんな力があるのかと驚いた。

「人は見かけによらないねぇ。意外と力持ちなんだね」

「不思議ですけど、背負ってしまえば、さほど重さは感じませんでした。すぐに亭主が迎えに来て、交代してくれました」

お富美は、昨日とは比べものにならないほど、おトメの体の具合がよくなっていると感じた。昨日来たばかりのときは、倒れ込んでそのまま二度と起き上がってこないんじゃないかと心配になるような顔色だった。だが一夜あければ、かなり回復している。うちの田楽とおでんの美味(うま)さと、一夜の宿が心地よかったのではと思いたいところだ。

「おトメさん、今日は顔色がいいねぇ」

声を掛ければ、おトメが口元に笑みを浮かべた。

「焼け死なずに済んだと思ったら、急に体が軽うなってきた」

志乃が、話はまだこれからといった面持ちをしている。

「おトメさん、不思議な猫の話を皆にも聞いてもらいましょうよ」

志乃がおトメを促すと、トメがしゃがれた声で話しはじめた。

「うちの近所は、暖かくなると風が通りやすいように、どこの家も戸は開けっぱなしで、世の中に泥棒がおるなんて、これっぽっちも信じられんような人ばっかでね。その日も戸を開け放って皆がお祭の見物に出掛けよった。向かいの家の仏壇には、蠟燭(ろうそく)の火が点(つ)いておるのが見えた。あの日は風が強かったけど、蠟燭が火事の原因かどうかはわからんし、わたしも危ないなどとは思わなんだ。だから、床に寝転んだまま、寝入ってしまった。ところが猫がニャアニャアと鳴く声で目が覚めて、見れば布団の脇のすぐ側(そば)に猫がおって、着物の裾を咥(くわ)えてひっぱりよった。焦げ臭い匂いが漂って、火事だとはじめて気づいた。起き上がり、外に出てみたらすごい煙で……」

「猫がおトメさんを助けたと？」

　お富美は、猫も役に立つもんだと感心した。

「猫が火事を告げに来てくれて、こりゃぁ、すぐに逃げなあかんと思うた。不思議と腰の痛いのもさほど感じずに歩けた。でもだんだんと、煙がひどうなってきて、息が苦しゅうなってきたら、真正面から志乃さんが走ってきてね。志乃さんは命の恩人だ。目を覚まさせてくれた猫も、救いの神だ。白っぽい毛に黒い模様の入っとる猫だった」

　志乃がおトメの話に付け加えた。

「わたしがその日、おから猫神社で見た猫も、白と黒の猫でした。おでこと背中が黒っぽい猫で、どことなく神様の使いかも、なんて思って。ひょっとしたら、おトメさんが見た猫と同じではないかと思うんです。わたし、おから猫神社でいろいろとお願いしたんですけど、おトメさんが早く元気になりますようにと願ったんです」

　志乃の言葉に、おトメは微笑(ほほえ)んだ。

「神の使いではのうて、おから猫、そのものかもしれんな。わたしは死んどってもおかしくなかった。町の人たちみんなが生き残ったばかりでなく、わたしなんぞ昨日より今日のほうが、ずっと健やかだ」

六

二年後の文化十年（一八一三年）の初冬である。志乃は夫の惣吉とともに、建て替えられた新しい家で、木片と彫刻刀を持って毎日格闘していた。志乃が歯車の歯をすべて同じ大きさに作り込んだ。惣吉は、師匠から鯨のヒゲをもらってぜんまいを作る。

そうしてついに、春を迎える頃に『機巧図彙』に記載のある人形とほぼ同じものができあがった。巻いたぜんまいが戻ろうとする力で人形が動く。

人形の着物は志乃が縫い、顔は惣吉が描いた。人形は両手に盆を持ち、盆に茶碗を置くと進みだし、茶碗を取り上げると止まる。再び茶碗を置くと方向転換して来た道を戻る。

二人は茶運び人形を、近所の人たちに披露するべく、十人ほどを家に呼んだ。

顔見知りが十人も集まれば、お喋りが止まらない。

志乃と惣吉が茶の準備をしているあいだにも、噂話が聞こえてくる。

「惣吉さんところの家、冬も暖かいねぇ。前の家は寒かったけど」

「ほんとほんと、前の家は、気の毒なほど隙間風が入ってきとったけど」

「雨漏りもしよったよね」

客が天井を見たり、壁を触ったり、家の中に置いてある物まで見回しているのが、志乃がいる竈の前からも見える。他人の家に興味津々な様子だ。

「殿様のおかげで、わしらぁの町は、みんな、新しい家に住めるようになったなぁ」

「ええ殿様で、ありがたいな」

家の中の見学が一段落すると、ようやく人形を見る気になったのか、皆が座りはじめたが、話は止まらない。

「町奉行さんは、百石が加増されたそうな」

「たいそうな出世じゃなぁ」

「勘定奉行になりゃぁたと聞いた」

「いやいや町奉行のままで、勘定奉行を兼ねるんだって。町奉行をやめてもらっちゃ、わしらぁ、困ってしまうで」

「わしらぁの命を救ってくださるお奉行様だでな。出世なさって当然じゃ」

「あんなええお奉行様、そうはおらんに。江戸にもおらんだろう」

近所の人たちが田宮半兵衛をたいそう褒め称えている。それが一段落すると、志乃は皆に声を掛けた。

「さあさ、みんな、茶運び人形を披露します。見ていてください。はじめは、おトメさんに茶を運びますよ」

志乃が人形の持つ小さな盆に茶碗を置いたとたん、人形は志乃と惣吉から離れて、勝手に動き始めた。

騒がしく喋っていた近所の人たちが皆、口を閉じて人形を見つめた。人形の内部のぜんまいが戻る音が響く。

「おトメさん、茶碗を取り上げてください」

惣吉の言葉どおり、おトメが瀬戸焼きの茶碗を取り上げた。すると人形は停止した。

「どうぞ召し上がってください」

おトメは、三度に分けて茶を飲み干した。

「ああ、美味しい茶だ」

おトメの顔に笑顔が広がる。

茶碗がお盆に戻されると、人形は半回転して、惣吉と志乃の元へ戻っていく。

「ほおー！」

「こりゃ驚いた。人形が茶を運ぶとはなぁ」

「志乃さんも惣吉さんも、すごい！」

近所の人たちが、声を上げて賞賛した。

おトメが目を細めた。

「志乃さんならできると思っとったけど、やっぱりできあがったなぁ。人形の中も見せて」

　おトメさんに褒められるのがいちばん嬉しい志乃である。

　志乃は早速に人形の着物を脱がせ、歯車がむきだしの胴体を見せた。歯車は後方に二つ、前方に一つある。

「人形はぜんまい仕掛けで動きます。茶碗を置くと、小さなつっかえ棒が外れ、人形が動き出します」

　皆が人形を後ろから見たり、前から見たりした。

「ひょっとして、からくりの仕掛けで、未来にすごいものが作られるようになるかもしれんなぁ」

「すごいものって何？」

「人の代わりに、人形が働いてくれる」

「重い荷物を軽々持ち上げてくれるかもね」

　皆が未来を夢想している顔を、志乃は楽しんでいた。

第三話　北斎先生

一

分厚い大福帳を眺めるのが三度の飯より好きな東四郎は、名古屋本町通沿いにある書林「永楽屋」を営んでいる。文化十四年（一八一七年）の今年はちょうど五十歳で、商いが面白くてたまらない。

創業者の先代とは血のつながりはない。十代の頃より永楽屋で奉公しているあいだに、先代の東四郎に気に入られ、請われて婿養子に入り、二十八歳で二代目を継いだ。

書物を売るだけでなく、著者を見つけて出版もするし、硯や筆や緋毛氈などの小売りもしている。

朝夕はめっきり涼やかになった九月上旬、白湯を飲みながら東四郎は、今日も大福帳をめくっていた。

二十二年前に先代が死の間際に遺した言葉を思い出す。

「商いとは、人助けである。儲けは二の次に考えればよろしい」

よくよく肝に銘じますと答えたものの、店を潰してしまっては人助けもできぬ。まずは儲けを考えるのが商人の務めではあるまいか。

　再び大福帳に視線を落とす。

　お得意様の姿をしばらく目にしていないと、会いに行きたくなる。

（そういやぁ、鈴木(すずき)さんは、どうしとらっせるかのう）

　新しい本のご案内かたがた訪問せねばと、客の名を別の紙に書き写す。

（まさか、風月堂孫助(ふうげつどうまごすけ)のところへ足繁(あししげ)く通っておられまいか）

　城下にある同業の「風月堂」が思い浮かんだがすぐに消え、今度は別の書林の大野屋(おおのや)惣八(そうはち)、通称「大惣(だいそう)」のことで頭がいっぱいになる。かつて貸本屋であったが近ごろ文人を囲って出版をはじめたらしい。大惣が人気になればなるほど、永楽屋の客が減っているように感じる。

　もともと永楽屋は明倫堂(めいりんどう)御用達の書林として古事記や漢籍など、硬い本ばかりを売っていた。だが、近年は誰もが気楽に楽しめる絵本の出版もはじめた。

　江戸の葛飾北斎(かつしかほくさい)の知己を得て、『北斎漫画』初編を出したのが三年前である。『北斎漫画』はずいぶんと売れた。第二編からは江戸の書林、角丸屋甚助(かどまるやじんすけ)が共同出版を申し出てきて、江戸でも大いに売れた。今年、第六編を北斎に依頼したところである。

　順調といえば順調だ。だが東四郎は満足していない。

（もっともっと本を売りたい。ほかの書林の追随を許さぬ名古屋随一の大店(おおだな)になる！）

そう決めている。

帳場で大福帳をさらにめくろうとしたとき、番頭の藤助が近寄ってきた。

「旦那様。新しい引札の見本が摺り上がりましたよ。『北斎漫画』を、是が非でも手に入れたくなる仕上がりです」

藤助から手渡された『北斎漫画』の引札を、東四郎は食い入るように眺めた。

「えろう綺麗にできたじゃぁないか」

「ありがとうございます。大量に刷って、お得意様に買ってもらえるよう配りますから」

藤助はまだ二十五歳と若いが、東四郎に劣らぬ商人魂を持っている。東四郎の丸っぽい体つきとはうらはらに、藤助はひょろりと細い。いつも飄々として人の心にするりと入る。東四郎がまっすぐに馬鹿正直に突き進むのに対して、藤助は暖簾のごとくひらりと身を躱しながら、気難しい客とも滑らかに話す。

だから東四郎は藤助を頼りにし、遠慮なく本音で喋る。

「引札を配り歩くにしても、貧乏侍を相手にしとっちゃあ、話ははじまらんに。わが永楽屋のご贔屓様は、一に豪商、二に豪農……」

藤助が張り切って続けた。

「三、四がなくて、五に明倫堂の教授……っつうのは、ようわかっとります。引札が摺り上がりましたら、まずは豪商であられます伊藤様、関戸様、岡谷様あたりに、『北斎漫画』の案内に行って参ります」

「そう近場で済まそうとせんと、たまには三河のほうへも商いに行け。江戸へ乗り込んでもよいぞ」

軽々しく「三河へ行け」と隣国の名を口にしたが、易々と行ける道のりではない。だが、幼い頃から永楽屋に奉公している藤助は、主人が勢いのある返事しか好まぬのを心得ている。

「かしこまりました！」

実に張りのある声を発してから、すぐに憂鬱な顔に変わった。

「まずは、三河……ですね」

急に、声が小さくなった。さすがに遠い、と怯む気持ちがあるらしい。

「かの地には、豪農がたくさん住んでおる。書物を手元に置いて、多く所有したいと思うておる輩が少なからずおる。本を欲する客の手元に、首尾良くお届けするのが、永楽屋の務め。三河も尾張と同様、貧乏侍には売り込むだけ無駄と心得よ」

話しているうちに東四郎は、店先の客に気がついた。侍だ。

まさか「貧乏侍」という言葉が客の耳に入ってはおらぬか。不安がよぎるが、客には聞こえなかったものと瞬時に信じた。

「これは、これは、墨僊さん。どうぞ、上がってちょうでぇ」

そそと腰を上げ、満面の笑みで客を畳の上に引き入れる。

客の名は牧助右衛門というが、雅号の《墨僊》の名で呼ばれるのを本人は好んでいる。鍛治屋町に居を構える一五〇石取りの御書院番だが、名古屋城に登城する日は、月に幾日もない様子である。日々、ぷらぷらと歩くか、書画を書き散らしている。

墨僊という男が、今をときめく葛飾北斎の弟子であるという点に、東四郎は注目している。五年前に、名古屋を訪れた北斎が寝泊まりしていた宿は、墨僊の家であった。

藤助が、摺り上がったばかりの引札の見本を墨僊に見せた。

「墨僊さん、『北斎漫画』は当然、お持ちだと思いますが、ほかのお侍さんがたにも強く勧めてくださいまし。なんなら墨僊さんが何冊か買い上げて、お師匠様の漫画を配り歩いてくださってでも」

北斎の弟子とはいえ、貧乏侍に書物を買えと勧める藤助もなかなかたくましいと、東四郎は感心する。

墨僊は、引札を一瞥した。

「ああ、『北斎漫画』ね。なかなか目を引く引札だなぁ」

曖昧な返事で押し売りをさらりと躱し、墨僊は続けた。

「そういえば、北斎先生が近く、大坂と京へ旅をなさるそうで。名古屋にも二、三泊される心積もりらしい」

　明るい陽が急に外から差し込んできた。

「それは何とも耳よりな話。二、三泊と仰らず、北斎先生には、一月でも二月でも、できるだけ長く名古屋にご逗留いただいて、『北斎漫画』の版元である永楽屋のために、ぜひとも一肌脱いでもらいたいものだなぁ」

　好機に乗じて、東四郎は店の儲けを出す方法を考えたいとも思った。

「北斎先生に、そう長いこと家におってもらっても、これまた困るんだわ」

　体の大きな墨僊が、少々気弱な顔をする。

「なぜに困りゃぁす？」

　東四郎が咄嗟に聞き返した。

「北斎先生は絵を描く以外、何もせん人、いや、何もできん人でね。食べっぱなし、脱ぎっぱなし、ところ構わず眠りこけ、身なりなどは一向に構わぬお人。ついでに、人使いもたいそう荒いときておる。東四郎さんも気づいておられるだろうに」

「浮世絵師としてあれだけ高名な御方だと、まあ、そうなりゃぁすわなぁ」

　北斎に人品まっとうな人物であってほしいなどと端から期待をしていない。

「弟子のそれがしだけに用を押しつけるならともかく、母や娘や、隣人にまで用事を言いつける」

「ええんでない？　数年に一度くらい、皆に協力してもらわにゃ。手前ども永楽屋も、最大限に協力させてもらいますで」

墨僊が師匠の滞在に気を揉んでいる様子が、東四郎にはどことなく微笑ましくも感じられた。

「だったら、東四郎さんの家に、北斎先生を泊めたってよ」

「滅相もない！」

急に矢が飛んできた心地になり、東四郎は拒絶した。

墨僊は、ちょっと口にしてみただけと言いたげに軽く笑っている。

「北斎先生は、旅籠屋がお嫌いで、旅に出るときは他人の家に泊まるのを常としておられる」

（そりゃ、北斎に金がないからだ）

東四郎は察しているが、墨僊だってわかっているに違いなかった。

「北斎先生は、弟子の墨僊さんの家に滞在するのを、心から楽しみにしておられますわい」

「まあ、弟子としては、頼りにされるのが光栄でござるけどな」

まんざらでもなさそうだ。墨僊は困ったふりして、結局は師匠の北斎を尊敬しているのである。永楽屋としても、この好機を逃すわけにはいかない。『北斎漫画』を売るためには、人々が目を見張るような何かを仕掛けたい。

「墨僊さんの話をきいて、よい考えが頭に浮かんだ！」

「東四郎さんのよい考えっちゅうのは、つまりは儲け話だろう？」

墨僊もなかなか鋭い。

「大勢の見物客を集め、大衆の前で北斎先生に絵を描いてもらうっちゅうのはどうか」

ただの思いつきだったが、口にすると、なかなか面白い気がする。

「まるで見世物だな」

「天下の葛飾北斎が絵を描く様子を一目みようと、尾張じゅうから人が集まる」

「人を集めといて、永楽屋発行の書物を売るんだろう？」

「ようおわかりになっておりゃぁす」

話を聞いていた番頭の藤助も賛成した。

「やりましょう！　ぜひとも、やりましょう！　《江戸の浮世絵師、葛飾北斎、尾張名古屋に現る！　人気絵師の即画が、さあはじまるよ、寄ってらっしゃい、見てらっしゃい》」

藤助は踊りださんばかりである。

「果たして北斎先生が、承諾なさるかどうか……」

墨僊が低い声で呟いた。

「墨僊さんの家に北斎先生がござりゃぁたおりに、手前どもが直接、ご依頼申し上げます で。きっと聞き届けてくださるわい」

東四郎には、自信があった。金になる話なら、北斎は引き受けてくれるはずだ。

翌日、東四郎は神社詣でを思い立った。

秋晴れの快晴で、青空の高いところで鳶が舞っていた。東四郎が、ここぞというときに詣でる神社が前津小林村にある。おから猫神社だ。商いは時の運に左右され、運を握るのはこの猫神様だと昔から信じている。

店から前津小林村まで、半刻（約一時間）かけて歩いた。人馬の往来の激しい本町通を外れてみれば、田圃が広く遠くまで広がっている。

東四郎は数段の石段を登り、鳥居をくぐると、社の前で掌を合わせた。

「おから猫様。この永楽屋東四郎は、北斎先生の名古屋入りの折には、大がかりな即画を催します。どうか、大成功をおさめますようお願い申し上げます。そして、北斎漫画が売れに売れて、北斎先生も永楽屋も、ほくほくと儲かりますよう、お願いいたします」

社の前で、痛みが走る寸前まで腰を曲げて一礼した。長く頭を垂れて願い事を繰り返す。

ようやく顔を上げれば、社の屋根の上に白と黒の体毛の猫がいた。さっきまでいなかったはずだが、気づかなかっただけか。

猫は、悠然と前脚を舐めていた。

二

九月の末、牧墨僊は江戸からやってきた師匠の葛飾北斎を、熱田の宮宿で出迎えた。北斎を広小路に近い自宅へ連れ帰り、三和土に足湯の盥を用意する。墨僊の母であるキヨが、足湯につかっていた北斎に挨拶にきた。

「北斎さん、お遠いところ、よう来てちょうだいた。どうぞどうぞ上がってちょうだいなも」

キヨが入り口で手をついて挨拶している。

「またまたお世話になります。墨僊の家に来ると、何だかほっといたします」

「北斎さんに、そう言っていただけるとは、ありがてぁことですわ」

ちょこんと座ると、キヨはとても小さい。腕も細いし、顔も小さい。キヨの小柄な体とは裏腹に、墨僊は大柄な体軀である。北斎よりもさらに、上背も横幅もある。

「墨僊の家は、まるでわしの名古屋の別宅のように思えてきた。墨僊の家の匂いが好きじゃな」

墨僊は、鼻の穴を一瞬広げてみた。北斎の言うところの匂いなど、感じなかった。

「どうか北斎さんの家同然に、ごゆるりと過ごしてちょうだいなも」

キヨの声がいつにもまして柔らかい。

「遠慮のう、寛がせていただきます」

多少は遠慮してほしいものだと墨僊はこっそり苦笑する。

足湯につかったままの北斎に、キヨがさらに声を掛けた。

「北斎さんは、何年経っても、ちょっともお変わりあそばさんなぁ。前にいりゃぁたときから五年も経っとるなんて、思えませんがね」

「わし、歳は取らんと決めておるんです。いつまでも二十歳のままでおるつもりです」

北斎は、老いの掟に抗おうとしている。

「人間、若いまんまで、九十も、百も、生きられたらええですのん」

老いたキヨの本音に聞こえた。

「わし、今年で五十八になりますが、この歳になってようやく絵の何たるかが十分の一くらいわかってきたという思いがいたしましてね」

「十分の一でゃなんて、高名な先生が、またまたご謙遜あそばして」

キヨは、右の掌を口元にあて、顔を皺くちゃにして笑った。笑うとそのままひっくり返ってしまいそうに上半身が揺れる。

「本当です。やっと十分の一に到達しましたので、長生きせぬことには、たいした絵が描けません。とにかくうまくなりたいのです」

「これ以上、絵がうまくなりゃぁたら、いったいどんな傑作ができ上がるんやら、おそがい（怖い）くらいですがね」

墨僊は、北斎の前で手ぬぐいを広げて待つ。北斎が足湯の木桶に、いつまでも両足をつけていて、一向に足を上げぬので、待ちくたびれた。

「先生、そろそろ足をお上げください」

墨僊の言葉などまるで無視して、足を湯につけたまま前屈みになった北斎は、木桶の側面を指でコン、コンと、弾くようにして叩いた。珍しい物を見るかのような仕草だ。江戸の町にだって木桶はあるし、先回の来訪時にも使用していたはずである。

「なぜ、桶は円いのだ？」

幼児のような素朴な問いかけに、墨僊は戸惑った。

「四角い桶なんか、ございません」

「桶を円く作るのは、大変だろう」

「さぁ……。足を拭かせていただきますから、どうぞ上げてください」

だが、北斎が湯から足を上げる気配は、まったくない。

キヨが外へ出ていった。庭の垣根の向こう側に、誰かいるようだ。姿を見せたのは、隣人の近松孫兵衛だった。

「北斎さん、ござっせた？」

隣人が、キヨに尋ねている。

「たった今、ござりゃぁたわ」

「諸子の佃煮を持ってきたんで、北斎さんにも食べてもらって」

「ありがとなぁ。きっとお喜びになりゃぁすわ」

北斎が、急に木桶の中で立ち上がった。そのまま跨いで、素足のまま三和土に立った。泥だらけの草鞋が置かれた砂っぽい三和土だ。墨僊が手ぬぐいを手にして待ち構えていた甲斐は、まったくなかった。

「よっ。孫兵衛さん」

物覚えのいい北斎が右手を上げた。五年前に会ったきりの隣人の名前すら覚えているのだ。

「北斎さん、お久しぶりやのう。前にいりゃぁたときに、桶職人を探せと頼まれとったけど。いい職人を一人、見つけときましたに」

そんな話があったとは、墨僊は知らなかった。

「その桶屋は、何でも作れるかい」

「小さな桶から大きな風呂釜まで作りゃぁすわ。たいそう腕のいい職人だでね」

「そりゃあいい！」

北斎は、なぜかあっという間に周りの人間を巻き込む。

濡れた足裏に三和土の砂をたくさんくっつけただろう北斎は、そのまま、ひょいと猫同然の軽々しさで家の中に上がった。

「あ」

床に水滴と土が散らばる。墨僊は常識とか礼儀作法を師匠に求めるのは諦めて、尋ねた。

「先生。飯より、先に風呂がいいですね。長旅でお疲れでしょうから」

すでに日は暮れかけている。

「風呂にて飯が食えれば、一度で済む」

北斎は平然と言い放った。

調子が狂う。だが、墨僊にも譲れないものがある。

「ほ、北斎先生。風呂で飯というのは、本日だけはどうかご勘弁ください。当方も、いちおう武士の端くれ。初日くらいは座敷で師匠をもてなすのが、当家の家長としての務めであります」

「家長とな？　堅苦しいのう。さっき顔を出した孫兵衛も、武士の端くれか」

「左様でございます」

「端くれでない武士は、どこにおる」

　顔を突き出して北斎が尋ねた。

「北の方角に、お城の外堀と石垣がございましてね。石垣の中、三ノ丸と呼ばれておるところに、位の高い武士がおりまする。あとは、城の東に、代官などが住んでおります」

「つまり、墨僊の家の周りには、端くれしか住んでおらぬわけだな」

「左様です」

「安堵した。墨僊も孫兵衛も、端くれで助かるわい」

　墨僊は理解に苦しむ。

「高名な絵師のなかには、位の高い武士に取り入り、高く浮世絵を買ってもらおうと画策する者がおると聞きました。文無しの端くれ侍で、心苦しく思っておりましたが」

「喜多川歌麿は世を乱す絵を描いたなどと文句をつけられ投獄された。わしも名古屋におるあいだに、尾張のお偉い様に目をつけられて牢屋にでもぶちこまれたら洒落にならんからな。端くれと付き合うくらいが丁度良い」

「そもそも北斎先生は、歌麿さんとは違って禁制の題材はお選びにならぬでしょうに」

「よい女子がおれば、春画を描いてもよい」

　戯れか真面目な話なのか、墨僊には判別がつきかねた。

牧家には、女房と娘もいるが、北斎が来るというので実家へ一時帰した。五年前に北斎が来訪した折、娘が寝ていた部屋の襖(ふすま)を北斎が開けたとか開けないとか、女房と娘が騒いだからだ。

二人が実家に戻り、代わりに女房の弟の沼田月斎(ぬまたげっさい)が、しばしば墨僊の家に出入りする段取りになっている。月斎もまた絵を描く男で、墨僊同様、北斎の弟子でもあるのだ。師匠が江戸から来たとあれば、明日にでも姿を見せるはずである。

「富士を描きたいと仰ってたじゃあ、ありませぬか」

墨僊が師匠に問うた。

「富士も描く。女も描く。花鳥風月、森羅万象、何でも描く。それが葛飾北斎である。それはそうと、ほれ、あの平べったい顔の書林のおやじは息災か」

北斎は、墨僊の家の中に入ってくつろぎはじめたとたん、版元の話題を口にした。

「永楽屋東四郎さんは、先生にぜひお会いしたいそうです。なんでも、北斎先生にお願いの儀があるそうで」

東四郎の、見世物同然の企てに、果たして北斎が乗るかどうか。

「金になるなら何でも描いてやるぞ」

気前よく北斎が答えた。

「数日のうちに、きっと顔を見せますから」

「永楽屋の店構えは、どこか威張った感じがする」

「名古屋では名の知られた店でございますからね。そもそも『北斎漫画』の初編を江戸ではなく、名古屋の永楽屋から出したというその一点だけにおいても、永楽屋は鼻高々であります」

「ふん。つまり永楽屋が今あるのは、わしのおかげだ。んで、墨僊。おまえも全編、金を出して『北斎漫画』買っただろうな」

「あ、はい。い、いいえ」

「はい、か、いいえ、か、どっちだ」

北斎が問い詰める。

「いいえ」

「馬鹿者。だからおまえの絵は、駄目なんだ。『北斎漫画』はそもそも、絵手本として、弟子に見せるために作ったのだ」

まだ墨僊の直近の絵を見ぬうちから、墨僊をけなしている。

「申し訳ございません。初編と二編しか持っておりませんが、後日、すべて買い求めます。また、のちほど自作を持ってまいりますので、ご講評をいただければと思います」

「多少上達した自信はあるのか」

「ございます」

「まずは、見せてみろ」

先に風呂を勧めた墨僊だったが、結局、そのまま北斎に絵を見てもらった。ひとたび批評がはじまると、なかなか終わらない。腹が鳴り続けた。

三

翌日の昼下がり、墨僊が筆を洗いに土間へ出たところへ、永楽屋の主と番頭がやってきた。一張羅を身に纏った二人は、座敷へ上がると、北斎の前に並んで座る。

「永楽屋東四郎でございます」

「番頭の藤助でございます」

二人揃って恭しく頭を垂れるのを、墨僊は北斎の横で見ていた。

「誠にご無沙汰しております！」

稽古でもしてきたかのように二人が一緒に声を合わせる。

文化十一年（一八一四年）から出し続けている『北斎漫画』の話から始まり、実に和やかに場が保たれた。

「ところで北斎先生」

東四郎がいつもの調子を出しはじめた。

「ここ尾州名古屋では、北斎先生について、ちょいと誤解されておる節が無きにしもあらず、でありまして」

明らかに北斎を挑発している。

「どんな誤解がある」

北斎が首を突き出した。自分の評判など気にせぬように見えて、実は大いに気になるらしい。

「『北斎漫画』は、一葉にぎょうさんの小さな絵が並べてございますでしょう。ひょっとして天下の北斎先生は、もう小さな絵しか描けぬようになったのではとの噂が、昨今、ちらほらと」

「なにぃ？」

東四郎の言葉が明らかに気に入らぬ様子で、北斎は目を吊り上げた。東四郎の思う壺だ。

「人間誰しも歳をとりますれば、力が衰えます。北斎先生も歳を重ねられ、もう大きな絵は描けぬのではないかと噂する者が少なからずおりましてね」

「わしの画力は、歳とともに常に上向きで、頂点に到達するには、まだ三十年ほどかかりそうだが、一度とて、画力が低下した覚えはない！」

障子が震えるほど大きな声だ。

「北斎先生。単なる噂話ですから」

墨僊は慌てて師を宥(なだ)めた。

「妙な噂が立つのは、わしのせいというより、永楽屋のせいだ。そもそも紙代がかかるとか申して、一葉に、たくさんの絵を並べて摺ろうと申し立てたのは、おぬしら、永楽屋ではないか」

北斎の大きな声が、低く唸(うな)るような声に変化した。鼻息まで荒くなっている。

墨僊は、次に永楽屋がどう出るかを案じて、東四郎の顔を見た。

「ホ、ホクサイ先生」

東四郎が、歯に何か挟まったような声を出し、どことなく、「ホクサイ」先生が「へクサイ」先生と聞こえた。

北斎が瞬時に反応した。

「おぬし、今、屁(へ)クサイと申したな。わしは、屁などしておらん」

「滅相もございません。へ、ホクサイ先生」

「この葛飾へクサイの、名古屋での評判が悪いのも、すべては永楽屋のせいだ。どうせ葛飾へクサイは、小さな絵しか描けぬと、おぬしら永楽屋が、皆に吹聴(ふいちょう)しておるに違(ちげ)えねえ」

「誤解でございます」

「おまえらのせいだ！」

北斎が右膝をたて、右手をまっすぐに伸ばして、東四郎と藤助を指さした。

「落ち着いてくださいませ。北斎先生」

今までの話を、すべて帳消しにする勢いで、東四郎が前のめりになった。

「悪い噂を払拭し、さすがは天下の葛飾北斎である！　と皆に知らしめるための、とっておきの方法がございます」

「なんだ」

「多くの人の前で、どえらい大きな絵を描いてほしいんです！」

熱意を前面に出した東四郎の物言いは、芝居じみている。藤助の入れ知恵だろう。相手をその気にさせる技がある。これまでも墨僊は二人のこのやり口を見てきた。

「何でも描いてやる。どんな大きな絵でも描くぞ」

東四郎の声に圧倒されたのか、北斎がやや声を抑え、真剣な目で答えた。

「人々の度肝を抜くくらいの巨大な絵を描いてくださらんか」

「どのくらい大きな絵だ？　この天井くらいか」

北斎が、墨僊の家の天井を向いた。

東四郎と藤助が同時に天井を見上げる。墨僊も見た。

「いやいや、この十倍くらいの絵をお願いしますわ」

東四郎は両手を上げ、天を仰ぐような仕草をした。その申し出に、墨僊もさすがに驚いた。

「わしは十年くらい前に、江戸・音羽の護国寺で、一二〇畳の大きさの紙に描いたぞ」

「大達磨の絵でございますね」

「なんだ。知っておるのか。わしは、今でも同じくらいの大きさの絵が描ける」

「ぜひ名古屋でも、一二〇畳分の紙に、大達磨の絵を描いていただきとうございます」

「そんな大きな紙を準備できるか？　料紙がねぇだろう。何枚も紙を貼り合わせるのに手間がかかる」

「知人に合羽職人がおりましてね。美濃紙を美しく貼り合わせる技に長けております。紙を何枚貼り合わせても、まるで一枚の紙のようにしか見えません。貼り合わせても、貼り合わせても、けっして紙が凸凹とは、いたしません」

合羽職人は、貼り合わせた美濃紙に柿渋や桐油を幾重にも塗って、雨に強い合羽を仕上げる。東四郎はすでに合羽職人に話を通し、準備しているのだろう。

「よしっ。ならば、合羽職人が貼り合わせた紙に、絵を描いてやる！」

「誠にありがとう存じます」

東四郎と藤助は示し合わせたように、同時に着物の袖を振り払って、両手を畳につき頭を下げた。

「では早速、一二〇畳の達磨の絵を描いていただく広い場所を探して参ります。見物客も方々から集めて参ります」

「誰かわしの絵を、見に来る者はおるのかのう」

「そりゃあもう、尾張じゅうから人が集まってこやぁすこと、間違いございません」

「ふむ。名古屋の人たちの前で、大達磨を描くっつうのも、悪くねえ」

北斎はあごを上げた。まんざらでもなさそうであった。直後、北斎は墨僊に目を合わせてきた。

「墨僊、当日はおまえも手伝えよ」

「承知いたしました。沼田月斎にも手伝わせます」

墨僊は手をついて頭を下げた。大達磨の絵を手伝えるのは名誉なことだ。しかし何事もなくことが運ぶのか、不安も生じた。

四

十月五日の早朝から、大須門前町(おおすもんぜんちょう)の本願寺西掛所(ほんがんじにしかけしょ)に人が集まりはじめた。青く澄み切った空に、境内の色づいた樹木が鮮やかに映える。

本堂の東北に位置する集会所の前庭にて、葛飾北斎の「大達磨の即画」が執(と)り行われる。

永楽屋東四郎は、朝から準備に大忙しだ。老いも若きも楽しそうに喋りながら、即画を待ち望む様子に東四郎は嬉(うれ)しく誇らしい気持ちになる。

寺の門外には、柘植櫛(つげぐし)を売る店、御手洗団子(みたらしだんご)を売る者、煮売りの店を張る者がいる。大須界隈(かいわい)は、日頃から見世物や芝居がしばしば執り行われているものの、今日はいちだんとお祭り騒ぎの様相だ。

書院の屋根には白黒の毛の猫の姿まで見えた。猫も即画を待ち構えているに違いなかった。

東四郎は、見物席の特等席である寺の集会所の縁側にて、永楽屋ご贔屓筋の豪商をもてなしていた。

「新手の芸が披露されるかのう」

上得意客が興味深そうに、特等席で即画がはじまるのを待っていた。東四郎は、本日こそが、最大のかき入れ時と心得ている。

「心に深く刻まれる一日になりますこと、間違いございません。本日の様子は、人気の絵双紙作家であります高力猿猴庵(こうりきえんこうあん)が具(つぶさ)に写生いたしまして、摺り物といたしますので、ぜひあわせてお楽しみください」

「ほうか」

得意客が深く頷いている。

「また、『北斎漫画』の第五編が出たばかりでございます。『北斎漫画』もぜひお買い上げいただき、末永くお手元に置いてご愛読のほど、お願い申し上げます」

縁側席に座るすべての見物客に聞こえるような大声で、東四郎は喋った。

すると、すぐ斜め後ろの別の客から声が飛んだ。

「『北斎漫画』ってや、面白いんきゃ？」

東四郎は仰け反って声の聞こえる方に顔を向けた。お得意様の鈴木だ。東四郎が即画の案内に出向いたためか、わざわざ来てくれたようである。

「鈴木様、今頃そのように仰せられては、浮き世の愉しみを笊のごとく取り零しておられるも同然とお見受けいたします。『北斎漫画』は初編が発行されて以来、摺り師が眠る間もないほどの増版、増版、また増版の嵐でございます。この先も延々と、作者の命ある限り続く人気の漫画でございます」

「わし、国学の書物くらいしか読まんでかんわ」

鈴木は、見栄をはらぬ男だ。読んでおらぬ書物を、興味がござらんと切り捨てはせぬ。

「国学の書物もまた、大切ではございます。手前ども永楽屋が刊行いたしました本居宣長『古事記伝』はもちろん必読の書ではありますが、書物は多種多様、硬いものから軟らかいものまで、取り合わせてお読みになってこそ、世の中の輪郭がくっきりと浮きぼりになるのでございます。『北斎漫画』を一度眺めたら最後、世の中は常に笑いに満ち、目の前が急に、ぱぁーっと明るくなります」

「ほうかね。ならいっぺん、『北斎漫画』とやらを、ためしに買ってみようかの」

東四郎の口車に乗ってくれた。

「ありがとうございます。それでは今夜にでも、鈴木様のお宅に、『北斎漫画』の初編から第五編まで、すべて取り揃えてお届けに参ります」

東四郎は常に持ち歩いている矢立と、紙切れを取り出して記録した。それだけでは、終わらない。

「ところで、鈴木様。昨今、どうも永楽屋刊行の書物の売れ行きが芳しくありませんで。鈴木様の国学のお仲間などは、どちらの店で書物をご購入になっておられるのでしょう。まさか、大と惣の文字がつく店では？」

商売敵、大野屋惣八の顔が目に浮かぶ。

お得意様から、世間の流れを探りまくるのも東四郎の仕事の一つだ。

「どちらで、と問われてもなあ。よう知らんわ、わし」

本当は知っていそうな顔にも見えた。鈴木は何かを新たに思い出したように言葉を付け足した。

「そういやぁ、大と惣の文字がつく店の主人、数日前に見かけたよ。おから猫神社の近くで擦れ違った」

東四郎は、猫神社と聞いて驚いた。

(あの欲深め。儲けが出るよう、おから猫様に神頼みか?)

自分のことは棚に上げ、大野屋惣八に怒りすら感じる。

「つまり大惣は、商いの繁盛を、猫神社に祈願しに行ってござらっせるわけですな」

「そりゃ、永楽屋さんが以前から本日の北斎即画を大々的に宣伝しとるもんだから、大惣さんも焦るでしょう。天下の葛飾北斎と交流したいような話もしとったに」

(北斎と大惣は、断じて近づけぬ!)

胸の内の気持ちが顔に露骨に出ていたためか、鈴木は、「ははん」と笑った。

「まあそう躍起にならんでも、永楽屋さんは繁盛しとるで、ええがね。そう儲けすぎても、いかんにぃ。何事も、ほどほどがよろしい」

客に宥めすかされる東四郎である。

(もっと売りたい。もっと儲けたい。店の更なる発展を実現せねば、先代に申し訳が立たぬ。少なくとも、大惣なんかに負けるものか)

東四郎に俄然、闘志が湧いてきた。

北斎の即画の準備は、集会所の前庭でほぼできあがっていた。

地面に薄く籾殻を敷き、その上に、畳一二〇畳分の料紙が何人もの手により、綺麗に敷かれた。

縦幅十間（約十八メートル）、横幅六間（約十一メートル）の大きさである。

紙の四辺は、杉の丸太できっちり押さえられている。

見物客が、引きも切らず集まってきた。

五

寺の書院の一室で、墨僊が月斎たちと準備を整えている中、北斎だけが一人、畳に肘を突いて横たわっていた。

「どこかから、焼き芋の匂いが漂ってくる」

北斎が、鼻の穴を広げながら呟く。

「門前で屋台が出ておりましたからね」

嫌な予感がしながらも墨僊は答えると、突然、北斎が立ち上がった。

「わし、焼き芋を買ってくるわい！」

慌てて墨僊は、北斎の裾を引っ張って引き留めた。

「ま、待ってください。勝手に辺りをうろうろされては困ります」

「困るったって墨僊らが、忙しそうに準備をしておるのに、芋を買ってこいとは言えぬ。

流石にわしも、それほどの鬼ではない」

「わたしが買ってきますから」

永楽屋の番頭の藤助が申し出た。

「おまえは、墨を磨っておるじゃあないか。気ぃ遣うな」

「ならば、わたしが」

今度は、弟子の月斎が中腰になって立ち上がろうとした。

「月斎は、はやく筆の準備をしろ。焼き芋はわしが買いに行くから」

墨僊は師匠の着物の袂に触れ、諭すような声で懇願した。

「先生。僭越ながら申し上げますが、どうかご身分を弁えてください。高名な北斎先生が、寺の門前で、自ら焼き芋などを買っていたなどと知れたら、弟子のそれがしが恥をかきます」

墨僊の忠言に、北斎は一瞬、動きを止めた。

「墨僊、何か勘違いをしとらぬか。わしゃ、尾張の殿様でも、偉い武士でもない。尾張徳川様の末端の家来の家に居候しておる、只の貧乏絵師である」

「貧乏なのは存じておりますが、本日は衆人の注目を浴びる主役、天下の葛飾北斎先生でございます」

墨僊が必死に止めた。

「誰もわしの顔など知らぬわい。芋を買っとる男が、葛飾北斎だなどと、誰にもわからんじゃあないか」

「わかる、わからぬの問題ではございません。それに、先生はそろそろ、本番に備えて着替えていただく頃合いでもあります。焼き芋なんか、買って食べておられる場合ではございません」

「着替えろだと？」

　北斎がはじめて聞いたような顔をした。

「本日、お召しいただく着物は、ちゃんと準備してありますから」

　墨僊が部屋の隅に置いた黒塗りの箱を指すと、北斎は、その箱を開けた。黒い着物に、緑の縞の袴、赤い襷が入っている。

「こんな着物では、肩が凝って描けぬわ」

「北斎先生。此の期に及んで、弟子を困らせないでください」

「そもそも、こんな着物を身に付けろとは、聞いておらぬ」

「永楽屋東四郎さんが先生に説明なさっておるのを、それがしは隣でちゃんと聞いておりましたよ。先生は上の空のご様子でしたが、ふんふんと返事をしておられました」

　北斎は準備された着物を再び一瞥するが、一歩退いた。

「今着ておる着物でじゅうぶんだ」

「先生。尾張名古屋の土地柄は妙なところがあり、着物で人を判断する悪い風習がございます」

北斎が疾走する勢いで、言葉を吐き出す。

「そりゃ、ひどく悪い土地柄だ。わしが、ひでぇ風習を払拭してやる！ わしが襤褸をまとって大傑作を描けば、名古屋の人の考え方も変わるだろう。いや、褌一つでええか。決めた。着物など脱いで、褌一つで描いてやる！」

「季節はすでに初冬。先生がいくら頑張っても、寒さには勝てません」

努めて冷静に墨僊は言い、場を治めようとした。

「何？ わしの言葉を嘘だと思うか。手始めに、本番の前に褌一つで焼き芋を買いに行ってやる！」

墨僊の言葉が気に入らなかったか、北斎は、その場で着物を脱ぎ始めた。

本当に褌一つになった。

直後、豪勢な大きなくしゃみを、一つ放った。月斎と藤助が同時に立ち上がる。

「先生、風邪など引かれては大変でございます！」

月斎が綺麗に折り畳んであった着物をさらりと垂らして、急ぎ北斎の体に纏わせる。

墨僊もすかさず立ち上がり、袴も穿かせた。永楽屋の藤助も着替えを手伝おうとしたが、墨で汚れた手を眺めて、外へ飛び出していった。

墨僊がこの機を逃すものかと、急いで北斎の前に立ち、月斎が背中側にまわり、素早く襷まで掛けた。

北斎の着せ替えは、うまい具合に完了した。ほっとして墨僊は深く息をつく。

すると、襖の向こう側で人の気配がした。

襖が開くと、本願寺の住職と、茶と饅頭を手にした若い僧侶の姿があった。二人は北斎に丁重なる挨拶をした。

北斎は腕に掛けられた襷がきついのか、両肩を左右上下に動かしてから呟いた。

「まことに立派な寺ですなぁ」

北斎らしからぬお愛想だ。

住職は、深々とお辞儀して答えた。

「恐縮でございます」

住職の挨拶は長かった。本願寺の由緒からはじまり、昨今の大須門前町の賑わいの様相など、話好きの住職が滔々と喋る。

何度も北斎が肩を動かすので、墨僊は北斎の背中側に移動して、襷の結び目を解き、少し緩めてまた縛った。

外へ手を洗いに行ったらしい藤助が戻ってきたところで、住職はようやく話を切り上げ、去っていった。

北斎がぽつりと呟いた。

「わしは人の話を聞くのが苦手である」

本当に退屈そうな表情が北斎の顔に浮かんでいた。

「存じております」

「そうか？」

意外な顔をして、北斎が墨僊を眺めた。

「さすが、わしの弟子だな」

「ありがとうございます」

「今、出された饅頭、どこの店のものだ？」

おそらく住職の話などにまるで関心はなく、北斎が興味をひかれた対象は、茶とともに出された饅頭の色と形と味だけだ。

「両口屋の饅頭だと思われます」

老舗の御菓子処である両口屋は、饅頭に季節を取り入れ、時季に合わせて松や桜、梅や菖蒲をかたどり、夏の暑い頃には清流を思わせる水羊羹も作っている。本日の饅頭は、紅葉の形をしていた。

「美味い。それに風雅な形をしておった。焼き芋を食いたい気持ちがなくなった」

「結構な心変わりかと存じます。安堵いたしました」

「明日も同じ饅頭が食いたい」

「両口屋で、先生のために購入いたすよう、手配をいたします」

「墨僊、何か急によそよそしくなってはおらぬか？」

「それがしが、でございますか？　そうであるなら、本番が近づいてきて、心ノ臓が鼓動を速めておるせいかもしれません」

なるべく平静を装ってはいるものの、墨僊の緊張は極限まで高まっていた。

「おまえが描くんじゃねぇだろう。達磨の絵を描くのは、わしだ」

「わかっておりますが、大きな筆や墨をもって、観衆の面前に出るのははじめての経験でございますから。粗相があってはなりません」

墨僊の言葉に、北斎が口を開けて笑った。

「肝っ玉の小さいやつだな。それでも侍か」

北斎は、身に纏ったばかりの着物の懐を開くように手で開けて、また寝転がった。

「幸い、泰平の世でございますから、それがしのような肝っ玉の小さな武士も、城の御書院番として仕えさせていただけるのでございます」

「気楽な稼業だなぁ」

墨僊が緊張しているからか、月斎もまたそわそわし始めた。

「わたしも、少し心ノ臓が苦しくなって参りました。ちょいとご無礼いたします」

月斎が部屋から出ていった。おそらく雪隠へ向かったのだと思われた。

「どいつもこいつも、落ち着かんやつだな。墨僊や月斎でも武士が務まるんなら、わしも尾張徳川家に仕えようかの」

「先生なら、お抱え絵師として必ずや受け入れられるでしょう」

「だが、名古屋に住むと、永楽屋に商いの種にされるからな」

「間違いなく、されるでしょう」

北斎は、描く予定の画の確認をしはじめた。図案はすでに手元の小さな紙に描き付けてある。さまざまな筆を使い、それを観衆の面前で拡大するのである。

正午を過ぎて、いざ本番がやってきた。取り巻く見物人の数は、少なくとも五百人はいるように見える。

まず北斎が料紙の上に進んでいった。遅れて墨僊は、月斎とともに後に続く。本番になってみれば墨僊とて腹をくくり、気持ちは落ちつき晴れ晴れしい。

北斎が藁を一絡げにした筆に墨をつけ、まずは鼻から描きはじめた。上部をこぶのように丸みをつけて出っ張らせ、さらに先端は丸い団子っ鼻に描く。それだけで見物人から「うおぉっ」と、どよめきの声が上がる。

次に右の瞼と目を描き、続けて左目を描く。膨れた瞼にぎょろりと飛び出そうな目ん玉だ。

墨僊は桶に入った墨を青銅の器に少しずつ入れ、師匠の筆がいつでも墨に浸せるよう準備する。

北斎は口、耳、頭を描き終えると、筆を替えた。そば殻を纏めた筆で、次に髭を描く。だいたいの輪郭ができたところで、筆は棕櫚の箒に替えられた。薄墨を用い、棕櫚箒でぼかしていく。

達磨の衣部分だけは、墨僊と月斎に彩色が任された。赤く溶いた絵の具を、柄杓で桶より掬う。水を打つのと同じように、紙上へ散らす。月斎が絵の具を散らし、墨僊が棕櫚箒でぼかす役だ。

陽光に照らされて、絵の具が光って見えた。たっぷりの赤い絵の具を、水に浸した箒で濃淡をつけていく。実に滑らかにぼかすことができたと満足のいく出来ばえとなった。

最後に北斎が、絵の左下に名を入れた。

「東都画狂人　北斎戴斗席上」

できあがると、絵は紙の上部に仕掛けてある軸と細引きの綱で吊り上げられた。

墨僊の耳にも見物人たちの声が聞こえた。

「あれが、葛飾北斎の絵か！」

「どえらい大きいわ」

「大達磨やなぁ」

「目ん玉が飛び出とるし」

「笑えるがね」

「ええもん、見たわ」

翌日になると大達磨の絵は、さらに高い位置に掲げられた。

葛飾北斎の絵を一目見ようと、翌日も多くの人が集まっていた。

墨僊は師匠との合作とも言える大達磨の絵を、胸に焼き付けた。

六

半月後、前津小林村のあぜ道を、墨僊は北斎を連れて歩いていた。北斎はいまなお、墨僊の家に逗留していた。

「なんでこんな辺鄙(へんぴ)な場所に連れてくるんだ」

北斎が、駄々っ子のような声で墨僊に問う。

「先生が、富士を見たいと仰ったからです」

「本当に名古屋から富士が見えるのか？」

信じておらぬ様子だ。

「不二見原(ふじみがはら)という地名がついておりますし、運がよければ、かすかにですが、遠くに富士らしき山が見えます」

「わしは運がよい男だ。必ず見える」

北斎は、両腕を晩秋の空に向けて広げた。餓鬼のように両腕を大きく振ったり、歩きながら後ろを向いたりして落ち着かぬ様子である。

墨僊は、ふと足を止めた。この近くにおから猫神社があるのを思い出したのだ。

北斎がつられて止まった。

「どうして止まる？」

「北斎先生、この奥にある神社は、《おから猫》と呼ばれる猫神社で、願い事をすると、何でも猫神様が叶えてくれます。行ってみましょう」

墨僊は社を指さした。師匠は猫神社を面白がってくれる気がした。

「ほう！　猫神様か。願い事でもしていくか」

予想どおりに北斎が誘いに乗った。

社の前まで行くと、賽銭箱が置いてある。社の屋根には、白と黒の猫がいた。

まずは墨僊が銭を取り出し、賽銭箱に投げ入れた。

拝礼し、墨僊は願い事を唱えた。

（そろそろ北斎先生が、旅の続きに出発されますように）

けっして師匠の前では口には出せぬ願望を、胸の内で猫神様に伝えた。北斎をしばらく家に居候させていて、少々疲れた。

社の屋根にいた猫が急に立ち上がって、毛を震わせた。おでこと背中のあたりが黒いものの、白い毛の艶が際立っていた。

次に、北斎が銭も投げ入れずに、掌を合わせた。

「猫神や。絵を描くための金をくれ」

実に単純でわかりやすい願い事を北斎は口にした。

すると、猫が北斎に答えるように「にゃん」と鳴いた。続けて何度も鳴く。

「ふむふむふむ」

北斎が猫の言葉を聞いている。

「北斎先生は猫と話せるんですか」

「さよう。猫からいいことを聞いた」

「猫が何を？」

「あとで教えてやる」

北斎はもったいつける。

墨僊と北斎は、社の前を離れて再び不二見原の丘に向かった。

途中で二人は前津小林村に住む木桶職人の店に寄った。墨僊の隣人の孫兵衛が、腕を高く評価する職人の店である。

北斎が木桶作りを見たいと希望している旨が、すでに職人には伝えられていた。木桶の曲線を、絵の中に取り込みたいと北斎は考えていたからだ。

作業場で、北斎は木桶作りを眺めていた。木曽の椹でお櫃が作られている最中であった。木片は内側も外側も、ゆるやかに湾曲しており、同寸法の木片が横に並べられて、箍で固定されている。

職人は、今から底板を張るところであった。

北斎が、職人に声を掛けた。

「ちょいと、見せてくれ」

「どうぞ」

底板のない側面だけの桶を目の前に持っていき、木桶越しに北斎が辺りを見渡した。

「墨僊、こっちを向け」

墨僊は、また師匠が子どもっぽい遊びを始めたと、内心ため息をついた。

「墨僊が、妙に男前に見えるぞ」

「いつも男前です」

低い声で答える。

「木枠を通して見れば、さらに男前だ。墨僊もやってみろ」

底のない木桶を北斎から受け取って、目の前にかざした。

「どうだ。世界が違って見えるだろう」

北斎が尋ねた。

「何ら変わりません」

「もっと木桶を目から離せ。両手をずずっと伸ばせ。木桶の中には何が見える」

「先生の顔が見えますが、先生のいつもの顔です」

「おまえは目が腐っておる」

桶屋の主が笑っていた。

さんざん、いろいろな大きさの木桶を見せてもらってから、二人は店を後にした。ようやく不二見原の丘へ登ると、眼下には田畑が広がっている。眺望の利く場所であった。近くには、一本の老松が茂っている。

「北斎先生、富士の方角は、あちらです」

墨僊は、東の方角を指さした。あいにく、うっすらとした雲が細くたなびき、東の方角が霞(かす)んでいる。遥(はる)か遠くに、山が見えると言われれば、見えるような気がするが、少なくとも墨僊は、不二見原から、はっきりと富士山を見た経験はない。

だが北斎は、声を上げた。

「わしには見えるぞ。富士の山だ!」

右膝を前に出し、膝の上に上半身を凭(もた)せ掛けるような格好になって、北斎は遠くを眺めた。

両手を前に出し、親指と人差し指の間を大きく広げて、両方の指で円形を作る。

「一つ構図が、できあがった。尾張名古屋から眺めた富士の絵だ。版木の下絵ができたら、永楽屋にも見せてやる」

「永楽屋の東四郎さん、きっと喜びます」

「その前に、永楽屋に借金をしようと思う」

北斎が唐突に、金の話をした。

「なぜ借金を？」

墨僊は、師の顔を見た。

「さっきの神社で猫がわしにそう言った。金を借りろと」

いったいどこからどこまでが本当の話か、北斎と話をしていると頭が混乱する。

「旅を続けるためには、金が必要だ。伊勢にも、京にも行きたい」

「え。先生、ひょっとして西へ旅をする銭が足りないと？」

「無一文だからな」

へへっと、北斎が軽く笑った。

「大達磨の絵を描いて、多少は懐が温とうなられたと思っておりましたが」

「五年前に名古屋に来た折に、永楽屋に借りた金を返済して相殺となった」

「つまり、借金を返済して、またすぐに借金をなさりたいと」

「ふむ。二両ほど、借りたい」

墨僊は呆れていた。

「何なら、墨僊が貸してくれてもいいが」

北斎が、遠くを眺めながら、さらりと話す。

「それがしのような貧乏侍に、二両など貸せるわけがありません」

「わかっておる。だから永楽屋に借りる」

「それがしからも、永楽屋さんにお願いしておきます。北斎先生が、最近、大野屋惣八さんと意気投合しておられると伝えておきます」

「すると、金をすんなり貸してくれるかい」

「はい、おそらく。先生が大物のお抱え絵師にならぬよう、一日も早く旅にご出発いただくべく、二両くらいすぐに準備してくれるかもしれません」

「ならば決まった。わし、明日、永楽屋に金を借りる。旅の続きに出る！」

北斎の借金の依頼は、永楽屋にすんなりと受諾された。

翌々日、墨僊は熱田まで北斎と同行して、師匠の出立を見送った。長いあいだ、北斎の背を眺めていた。

後日、墨僊は永楽屋に出向いた。

「東四郎さんが師匠に二両も貸してくれて、北斎先生が喜んでおられました」

「手前ども永楽屋の務めは、一に人助け、儲けは二の次ですから」

東四郎が自慢するかのように言い放つ。

「儲けが第一かと思うておったわ」

墨僊が軽口を叩くと、番頭の藤助がすかさず話に割り込んだ。

「何をおっしゃる墨僊さん。永楽屋の務めは、人のお役に立つことです」

きっぱりとした物言いが、清々しい。

がめつく見えて、根っこの部分は温かい店だと、墨僊自身も重々知っている。

「永楽屋さんが催した即画の会で、それがしもずいぶん楽しませてもらった」

墨僊の正直なところであった。

「でしょう。あのあと、『北斎漫画』は飛ぶように売れましてね」

東四郎が嬉しそうにほくほくとした笑顔を見せる。

(なんだ、やっぱり儲けが第一ではないか)

墨僊は思わず吹き出しそうになる。

「東四郎さんは、商売上手だからなぁ」

「また数年後に、北斎先生にお越しいただかなくては」

「そうだね」

北斎がいざ旅立ってしまえば、どことなく物足りない。近くにいれば振りまわされるが、離れてしまうと寂しい思いが込み上げる。

本町通の町並みさえ、どこか色褪(いろあ)せて見えた。

第四話　河童の友人

一

もうすぐ二十歳になる柳河辰助は、尾張名古屋の西洋学館にて、新人の到来を待ち構えていた。嘉永三年（一八五〇年）の霜月、昼下がりである。

後輩ができるのは嬉しいが、その新人の前評判がすこぶる悪いために、どんな男がやってくるのか辰助は気掛かりだった。武家の三男坊だそうだが、柔術をたいそう愛するがゆえに、すぐに人に掴みかかって投げ飛ばす癖があるとか、通っていた明倫堂にて、手製の火薬の起爆実験をして火事騒ぎを起こし退学になったとか……。

もっとも洋学を志す者は、よほど先見の明があるか、とてつもなく変人か、そのどちらかと決まっている。

ここ西洋学館は、八百石取りの上田帯刀の自宅兼私塾であり、志のある者ならば年齢や性別を問わず、随時入塾できる。長崎から風説書がたびたび届き、異国の状況をつぶさに知ることのできる場所である。だが十九歳の辰助は、尾張での毎日に満足していない。いずれ江戸へ出たいと思っている。江戸で活躍できる仕事を得たいのだ。

小春日和の暖かな今日は、窓を開け放しても少しも寒さを感じなかった。西洋学館の建物は平家で東西に長く日当たりがよい。庭には梔の木が赤い実をつけて目にも麗しい。

上田帯刀の娘である十三歳のお冬が、栗きんとんを皿に載せて持ってきた。

「辰助さん。もうすぐ新しい塾生が来るそうね」

色白で丸顔のお冬には、ずいぶんと世話になっている。洋書を読んでいると、たまにおやつを持ってきてくれる。

「どんな奴が来るだろうね」

「いろいろと親切にしてあげてね」

「相手によりけりだ。とんでもない奴が来たら、おれは知らん」

辰助の本音である。しかも、まともな奴ではないだろうと予測もしている。

「まあ。憎まれ口を叩いて。うちに入塾してくる人は、辰助さんみたいに賢くて良い人ばかりよ。いつも父がそう言っている」

お冬はものごとの良い面ばかりを見て、幸せそうに生きる人だ。

「そうだとよいけどね。きんとん、もらっていい？」

「もちろんよ。今日は辰助さんしかいないから、新人さんと二人で三つずつね。今、お茶も持ってくるから」

お冬が部屋を去ったあと、入り口のあたりで声がした。

「ごめんくださぃ」

若い男の声だ。待ち構えていた新人が来たのだろうと、辰助は少し気を張って入り口に向かった。

飄々とした瓜実顔の男が立っていた。辰助より二つか三つ、年下に見えた。鼻筋が通り、姿勢もいい。辰助の後輩となるはずの、新人に違いなかった。

辰助が言葉を発する前に、男が喋った。

「ご無礼いたします。ここに西洋の人はおりますか」

なるほど風変わりな男は、名乗る前に問いかけるのか。

「西洋人はおらんよ。西洋人の書いた本なら、仰山あるけど」

辰助は努めて穏やかに答えた。年上の貫禄を見せたつもりだ。

「こちらで学べば、異国のことがわかりますか」

かくかくとした喋り方をする男だ。

「無論、わかる。今日届いたばかりの風説書があるよ。蘭語、英語、仏語の書物もある。入塾を希望する人がおると聞いていたが……」

「はい。それがしは明倫堂を辞め、古い考えの父からは猛反対を受けながらも蘭学さらには西洋砲術を学ぶべく、こちらへ入塾を志願いたしました！　名を宇都宮鉱之進と申します」

明朗な声を出し、少し体を前傾させて、ようやく訪問者が名乗った。

「柳河辰助です。どうぞ、こちらへ」

「よろしく頼みます」

再び頭を下げた鉱之進を、辰助は招き入れた。

鉱之進はぎょろりとした目を四方八方へ動かして、多数の書物が並んだ周囲の棚を眺めまわしている。

そこへお冬が茶碗(ちゃわん)を持って廊下を歩いてきた。

「あら、新しい人がいらっしゃったのね。はじめまして。父を呼んできますから、しばらく待っていてくださいね」

お冬が、満面の笑みで鉱之進に挨拶して、すぐに上田帯刀を呼びに行った。

「今のは、お冬さん。塾頭の娘さんだ。とても面倒見がよくて、優しい人だ」

「そうですか」

そっけない返事である。女には興味がないらしい。

辰助は話題を変えた。

「阿蘭陀(オランダ)語を読めるかい」

「読めるどころか、見たこともないです」

鉱之進の目は、机上の栗きんとんに注がれていた。

「西洋学館におると、読めるようになる。おれは読むだけでなく、すらすらと蘭語が書けるようにもなった。それに風説書からは、世界の動きが手に取るようにわかるから面白いぞ」

辰助が早速、風説書を鉱之進に見せた。

「誰が書いたものですか」

「阿蘭陀の通詞が、長崎の商館長の話を聞き取って日本語で書いたものだ」

辰助の説明を聞いているのかいないのか、鉱之進はくるりと向きを変え、栗きんとんに近づいた。

「上手そうだな」

鉱之進が手を伸ばそうとしたとき、塾頭の上田帯刀が現れた。鉱之進は手を引っ込めて上田の前に進み出で、急に畳に手をついて平伏した。

「わしは殿様とは違う。丁重な挨拶は不要。まあ、座れ」

上田が腰を下ろすのと同時に、鉱之進はやや固い表情をしたまま、背をまっすぐに伸ばして座った。

「入塾希望と聞いたが、何を学びたい」

「ここにいる辰助さんのように、外国語がすらすら読めて、書けて、西洋の事情に精通したいです」

その言葉を聞いたら、辰助の新人への警戒が少しやわらいだ。

上田は真一文字に閉めていた口を緩めた。

「そりゃ、かなりの高望みではあるかもしれんな。辰助の天才ぶりは並大抵ではござらんに。おそらく尾張で随一の才ある男だ。わしは辰助より賢い奴をほかに知らん。おそらく江戸にも、そうはおらん。三行ほどの阿蘭陀語の文章を、ぱっと見せて、すぐに隠しても、辰助は全文を暗記して別の紙に正しく書き写すことができる。一文字も違わずに、だ」

辰助は会話に入って補足した。

「上田先生、たったの三行ではありません。少なくとも五行、がんばれば十行くらいは一瞬で記憶できます」

「十行か。そりゃ、恐れ入った」

上田は闊達に笑った。すぐ傍らで、お冬も相づちを打っている。

「それだけじゃないのよ。辰助さんの書く文字はとても綺麗で、殿様が惚れ込んだんですって。三歳のときに、御前に出て書を披露した腕前なのよ」

上田の父と娘が自慢げに言うので、辰助は嬉しくなった。特にお冬に褒められると照れてしまう。すると、鉱之進が辰助の顔をじっと見つめてきた。

直後、鉱之進がぼそっと言い放った。

「ぬめっとしておる」

「何だって？」

「水辺に棲む生き物を想起した」

意味がよくわからなかったが、辰助の胸の内がざわっとした。上田とお冬は、鉱之進の言葉が聞きとれなかったようで、首を傾げている。

鉱之進は、はっとした顔をして、まっすぐに上田に話しはじめた。

「ぜひ、辰助さんのように、阿蘭陀語が読み書きできるようになり、西洋の動きを知り、さらには、上田先生から西洋の兵法と砲術を学びたいです」

上田はゆっくりと頷いた。

「よい心意気だ。西洋砲術については、そのうちゆっくりと教えてやるでな。よう来てくれた。やる気に期待したい」

二

日が経つにつれ、鉱之進は辰助に遠慮なく話すようになった。丁寧な言葉で話していたのは最初の三日くらいで、次第にどちらが年上なのか、どちらが先輩なのかわからぬほど打ち解けた。

半年ほど経つと、鉱之進は上田に薦められた『海上砲術全書』を熱心に読むようになったが、いちいち音読するのでたまったものではない。

「硝石は硝酸と加里より成る。硝酸と加里は共に腐食の性ありといえども、二品が合するときは共に腐食の性を失い、清涼の味を有する硝石となる。硝酸は窒素と酸素より成る。然れども、これらは『離合学』に属するので、ここには記さず。記さず……とは、どういうこっちゃ。つまり、西洋砲術を学ぶには、まず離合学を学べっちゅうことか」

鉱之進の独り言がうるさすぎて、辰助は段々と苛々してきた。

「おまえ、書物は黙って読めっちゅうの」

「声に出すと頭によく入る。そういうもんだろ」

「変わらぬわ！」

語気を強めても、鉱之進はまるで反省する様子はなく、ますます辰助に馴れ馴れしく絡んでくる。

「ところで、『舎密開宗』を知っておる？」

「宇田川榕菴の著作だろ」

「おれ、宇田川榕菴先生を尊敬しておるの。著作は実にわかりやすいし、舎密学（化学）っちゅう学問は、これからの日本に大いに役立つと思う」

鉱之進が舎密学に凝り出して、水素瓦斯(ガス)を発生させる装置まで作りはじめたから、上田帯刀も感心していた。

「熱心で、なかなかよろしい。鉱之進が言うとおり、舎密学は、これからの日本人が大いに学ぶべき分野だとわしも思う」

上田が褒めるので、鉱之進の音読には多少、目を瞑(つむ)った。

鉱之進は、よく喋る男だった。時をかまわずあれこれと話し、辰助の外見についても、遠慮がなかった。

ある日、鉱之進が辰助の顔をまじまじと見つめた。

「おまえの顔は、やっぱり河童(かっぱ)に似ている」と言い放ったので、とうとう辰助の堪忍袋の緒が切れた。

「河童など、この世におらぬわ。誰も河童など見たことがないのに、なぜおれが河童に似ておるとわかるのだ」

口に出しながら、辰助は自分にも劣等感があるのだと自ら認めざるを得なかった。

「どこかで河童の錦絵を見たよ。河童はこの世におる！」

自信たっぷりの鉱之進の物言いに、ますます腹が煮え繰り返る。

「おらぬわ」

「おるっちゅうに」

「どこにおるんじゃ」

「江戸城の弁慶堀っちゅうところにいてな。江戸の人たちは、河童に飯を捧げに行く」

鉱之進がまるで見てきたかのように、河童の居場所まで挙げるので、狐につままれたような気分になる。

「飯だと。そもそも河童は何を食うんじゃ」

「おまえ、天才と呼ばれておるわりには何も知らんな。河童の好物は、胡瓜に決まっとるじゃないか」

鉱之進がまくし立てるので、反論する隙がない。

「あまりに仰山の人が河童に胡瓜をやりにくるんで、江戸城のお堀にはな、胡瓜がぷかぷか浮かんどる」

鉱之進がみるみると勝ち誇った顔つきになっていく。馬鹿げた話に辰助は唖然とした。

「おまえは法螺吹きか」

「ひしゃげた河童に言われたくねぇ」

「なにぃ」

辰助の右腕が勝手に前に出て、鉱之進の胸ぐらを掴んでいた。だが、鉱之進の重心は揺らがない。

「おれに喧嘩を売るのは、止したほうがええよ。おれは転心流組打の達人だ。河童みてぇな男は五人くらいまとめて投げ飛ばせる」

「やってみろよ。おれを投げ飛ばせるなら、すぐにでも投げ飛ばしてみろよ」

辰助は鉱之進を睨みつけ、摑んだ鉱之進の胸ぐらを揺り動かした。頭に血が上り、手汗をかきはじめた。

「止めといたほうがええ。おれの腕前を知らんと思うが、打ち所が悪けりゃ、即、あの世行きとなる」

「偉そうな口を利くなっ」

腹の底から怒りの声を投げつけたが、鉱之進は鼻先でふふんと笑った。辰助の怒鳴り声に驚いたのか、お冬が奥のほうから走ってきた。

「止めて、止めて。何を喧嘩してるの。うちは学問を学ぶところで、喧嘩するところじゃないのよ。ほらほら、辰助さん。手を離して」

お冬の手が腕に触れて、ようやく辰助は手をひっこめた。

鉱之進はお冬に大袈裟なほど頭を下げる。

「今、お冬さんが来なけりゃ、おれは辰助を投げ飛ばしていたかもしれん。助かりました。怪我を負わせたくありませんから」

「ふん。二度と河童と言うな」

「ほらほら、喧嘩は止して。何でも遠慮なく話せる関係は仲良しの証だけど、度を超しちゃだめよ。手は出さないで」

　お冬が懸命に二人の間に割って入ってくる。

　怒りがおさまらない辰助が顎で鉱之進を指し示した。

「こいつ、河童が江戸城のお堀におるなどと嘘をつく」

「おれは、いずれ江戸へ出るつもりだ。そのときは江戸城の河童を見てきて、おまえに教えてやるわ。いつまでもおまえのように尾張なんぞにくすぶっておらんでな」

　江戸へ出るという言葉が、さらに辰助の気に障った。

「おまえが江戸へ行くだと」

「江戸へ出るさ。必ずな」

「おまえより、おれが先に江戸へ出るんじゃっ」

　そのとき、白と黒の毛の猫が西洋学館の畳の上に現れた。まるで勝手知ったる様子で迷いなく侵入すると、お冬の着物の裾に体をすりつけるようにまとわりつく。「ニャン」と甘えた声を出した。

「あら。しばらく見ないと思っていたら、どこに行っていたの」

　お冬が両手で猫の胴体を持ち上げた。猫の体はだらりと細長く垂れたが、お冬が後ろ脚を優しく支えて胸に抱く。猫は丸まってお冬の胸に顔を埋めた。お冬は猫の頭を何度も優しく撫でてから、鉱之進と辰助の顔を交互に見た。

「鉱之進さんも辰助さんと同じで、江戸へ行きたいのね」

「本当は今すぐにでも江戸へ行き、西洋の学問をもっと深く学びたい。尾張にいては何もはじまらん」

鉱之進が主張した。江戸へ出て一花咲かせたいと思うのは、鉱之進も同じらしい。

「同感だ。おれも江戸へ出て視野を広げたい」

「あらあら、なんだか寂しい言葉に聞こえるわ。うちの父の西洋学館だけではお二人とも物足りないのね」

「いや、そういう意味ではなくて」

「いいのよ。みんないずれは巣立っていくんだから。辰助さんと鉱之進さんが、将来、江戸に出て活躍できるように神社へ祈願に行きましょう。三人で仲良くね。さ、いまから散歩がてら、みんなで出掛けましょ」

お冬なりの気遣いらしい。せっかくお冬が仲裁してくれているのだから、これ以上、大人気ない振る舞いは慎もうと、辰助は気持ちを切り替えた。

「桜天神(さくらてんじん)にでも行くか。近くで御手洗団子(みたらしだんご)の店が出てるはず」

辰助は本町通(ほんまちどおり)沿いにある学問の神様の名を出したが、お冬は別の考えを口にした。

「ちょっと遠いけど、おから猫神社にしましょうよ。よろずの願いを叶(かな)えてくれるって評判だから、江戸行きの願いも叶えてくれるかもよ」

「おから猫神社などという名は、はじめて聞いた」

鉱之進は、本当に知らぬらしい。

「お参りするとね、猫神様が人間の願いを叶えてくれるのよ」

「迷信だな」

急に猫が、お冬のだっこを嫌がるように背をそらせて床に降り、外へ出ていった。

「あら、どうしたのかしら」

お冬が猫の後ろ姿を目で追う。

「猫は気まぐれね。その勝手気儘(きまま)なところが、愛(いと)おしいんだけど」

三人で西洋学館を出て、本町通を南へ進んだ。途中、屋台で団子を食べつつも、半刻(はんとき)（約一時間）ばかり歩き続けておから猫神社に到着した。

宮司、神主はおらず、鳥居をくぐれば小さな社がぽつんとあるのみだ。人の気配はない。

社の前には、賽銭箱(さいせんばこ)がある。お冬がお賽銭を投げた。

「辰助さんと鉱之進さんが、いつか江戸へ出て活躍できますように」

合掌するお冬が声に出して祈る。

「江戸へ出て、学問ができますように」

辰助も祈る。

最後に鉱之進が、社の前で一礼した。

「猫神が人の願いを叶えるとは信じ難いが、もし願いを叶えてくれるんなら、一日も早くお願いします」

そのとき辰助は、小さな獣が社の屋根から逃げるように立ち去った気配を感じた。

三

浦賀(うらが)に黒船が来航した嘉永六年（一八五三年）あたりから、世間は騒がしくなった。

小雨の降るある日、鉱之進は塾頭の上田から小部屋に呼ばれた。

学問に熱心だと褒められた。褒められるとついいい気になって、声も大きくなる。

「上田先生。ケミストリー、つまり舎密学をうまく活用すれば、日本は必ず変わります！」

自然の万物にはそれぞれ性質があり、何と何がどんな分量で結びつくと、どのような反応が起きるかを、いちいち実験して試すべきで、その結果によっては世の役に立つものができるかもしれないと鉱之進は考えている。

鉱之進の意見を、上田は否定しなかったし、馬鹿にもしなかった。大きく頷いて鉱之進の考えを丸ごと包み込んでくれたから、それだけでもこの西洋学館で学んでいる甲斐(かい)

があると安堵した。のびのびと発言することが許される。

「新しい物を作り出すには、実験が何より大切です。三年前、通っていた明倫堂の中庭で、自分で作った火薬の起爆実験をいたしました。思ったよりも大きな爆発を起こし、明倫堂の聖堂の方まで火の粉が飛び散って大惨事になりましたが」

　火事騒ぎを起こしたために退学させられたと多くの人が思っているようだが、明倫堂など、自ら辞めてやったと、鉱之進はいつもそう思っている。しかし、胸の内でわだかまっている記憶でもある。

　上田が顔を少し前に出して、鉱之進に寄った。

「明倫堂は実験には適さぬ場所だったな。だが、起爆実験をもうすぐ大手をふってできるようになるやもしれんぞ」

「どこで、ですか」

「尾張徳川様の、江戸・戸山下屋敷の庭だ」

　鉱之進は一瞬、頭が混乱した。尾張徳川様の名を出されてはおそれ多い。

「先生、お戯れを。それがし三男坊といえども、父は尾張徳川様にお仕えしていた身。先年、隠居いたしまして兄が家督を継ぎましたが、さすがに殿様の江戸のお屋敷で、火薬は扱えませぬ。父、兄、一族郎党、磔か打ち首になります」

「狭い明倫堂で火薬を扱うほうが、よほど危うい。戸山下屋敷は広大な土地に、山もあり、大きな池もある。そもそも、屋敷の庭で実験をせよとは、殿様のご意向だ」

上田が淡々と委細を話し始めた。昨日、城から家老の渡辺(わたなべ)様が来られて、江戸で弾薬の開発ができそうな者はおらぬかと尋ねられたという。それで上田が鉱之進を推薦したと聞かされた。西洋砲術がわかる者で、尾張徳川様家来の家の者に限るという条件付きだ。

鉱之進は、もしかしたら今、己に大きな好運の波がやってきたのではと感じ、心ノ臓が鼓動を早めた。上田の話を、飲み込むようにじっと聞いた。

ペルリが浦賀に来た折に「来年も来る」と言い残したため、尾張徳川家では、築地(つきじ)のお屋敷に海上への備えとして砲台を築くことに決めたらしい。江戸行きの話に、鉱之進は急に平伏したい気持ちになった。床に手をつき、身を伏せた。

「上田先生、誠に有難きお話に存じまする。この鉱之進、江戸へ行き、尾張徳川様のために精一杯、砲術の研究に励む所存でありまする」

「そう慌てるな。まだ決まったわけではない」

「これほど嬉しいお話は、いまだかつて、ございません」

感極まって鳥肌がたった。

「慌てるなと言っておる」

「ひょっとして、おから猫様のご利益か……」

「なに。よう聞こえなんだ。おから猫様と言ったか」

「先日、お冬様に連れていっていただきました前津の猫神社です。江戸行きを祈願いたしました」

「お冬の猫好きには困っとるわ。野良猫が、我が物顔で家に入り込んで、ごろりと横たわるし」

　上田が急に父親らしい言葉を吐く。

「猫神社のご利益が、これほど強力とは思いもよりませんでした」

　隣の大部屋とを仕切る襖の向こうで、がさっと音がした。誰かに聞かれている。

　無論、辰助だとわかっていた。今頃、歯ぎしりしているかもしれない。辰助とて、江戸に行きたいのだから。

　その後、家老の渡辺から、鉱之進の兄にまず話が行き、江戸行きはトントン拍子に決まった。

　鉱之進の上京を、いちばん喜んだのは年老いた父だった。

「この先わしが年老いて危篤に陥るようなことがあっても、おまえは名古屋に戻らずともよい。尾張徳川様のため、ひたすら江戸で尽くせ。それが何よりの親孝行だ」

　明倫堂を辞めてからほとんど口も利いてもらえなかった父から、出立の間際にかけられた言葉が身に染みた。

鉱之進は有頂天だった。これまで家の中では兄を見上げ、明倫堂では文武優れた奴に引け目を感じ、西洋学館では辰助のような天才がいて力量の違いを見せつけられてきた。だが今は違う。

(おれは天下の江戸へ出て、活躍するのだ!)

誰に遠慮する必要があろうか。まるで天下でもとったかのような自信が漲りはじめた。

西洋学館で上田やお冬にこれまでの礼を述べ、塾生たちに別れを告げたときに姿の見えなかった辰助が、あとから門の外へ追っかけてきた。

辰助の心中は複雑だったろうが、顔を見ずして別れたら心残りになるとでも思ったのか、駆け寄ってきたのだ。

「達者で」

ごく短い言葉を辰助が口にした。その目に涙が光ったように見えて、思わず肩に触れた。

「西洋学館を盛り立ててくれ」

辰助の心を慰めるつもりで掛けた言葉だったが、辰助はしばし何も応えなかった。名古屋に留まってくれという意味に聞こえたかもしれない。

沈黙が気詰まりで、鉱之進はおどけてみた。

「おまえ、ますます河童に似てきたな。川から出てきたばかりのように見えるわ」

大笑いしてみせた。

「なに？」

辰助は明らかに腹を立てた様子でぷいと向きを変えてしまった。いよいよ怒らせたかと後悔し、名を呼んだ。

「辰助！」

振り返ってくれたら、「ごめん、冗談がすぎた」と言うつもりだったが、辰助は一度も振り返らず、まっすぐに西洋学館の奥へ入っていった。

後味が悪い別れだった。

四

三年の月日が流れた。

安政(あんせい)三年（一八五六年）、辰助は二十五歳になっていた。相も変わらず、西洋学館で風説書や洋書に目を通す日々である。鉱之進が江戸へ出た一方で、いつまでも尾張から抜け出せず、くすぶり続けている実情に、不甲斐なさばかりが募っていた。捨て鉢な気持ちになりがちで、ときおり周りの者が心配するほど消沈した。

（このままで人生を終えてなるものか）

どうしても己を変えたいと心が焦り、もがいていた。

梅の花をメジロがついばんでいたある日、辰助は思い立って、塾頭の上田に悩みを聞いてもらうつもりで対峙した。だが、江戸へ出たいと話すうちに愚痴になってしまった。

「なぜ、あのとき、鉱之進よりも先輩であるわたしを推薦していただけなかったのでしょうか」

「いったい、いつの話をしておるのだ」

「鉱之進が江戸へ行く直前の話です」

「ご家老から、家中の者に限ると言われては、辰助を推薦できぬだろう」

上田が視線を辰助から逸らした。

「能力のある者が取り立てられぬ世に、幼い頃からずっと苦労してまいりました。どれだけ努力を重ねても、家の格で捨ておかれることが残念でなりません。勉学の意欲すら失います」

辰助は実の父を知らず、母の連れ子として商家の養父の許で育てられた。武家の子息である鉱之進とは出自がまるで違う。

養父が嫌いだったから、七歳の頃から門弟として出入りしている蘭学者の伊藤圭介の家で過ごすことが多かった。

「気持ちはわかるが、世は必ず変わっていく。それに人生は自分で切り開かねばな。今はまだ、潮が満ちぬだけだ。時を待て」

「正直に言えば、悔しくて、悔しくて……」

辰助の震えは止まらなかった。三年のあいだに溜め込んだ胸の内の澱が突如、堰を切って流れはじめた。流れを受け止めるように、上田は穏やかに、だが厳しさも含んだ口調で話しはじめた。

「辰助。物事をとことん追究して突き進むことでしか、道は開けん。家の格がどうのと言うておるうちは残念ながら、まだまだだ。わが上田家を見よ。八百石取りの申し分ない家にもかかわらず、夷狄の学問を教える不届きな奴という理由で、干されておるわ。だがわしは、世に西洋の学問が必ず必要になるという信念のもとで今日まで来た。強い信念なくして人生を切り開こうなどと思うな。江戸で学問をしたいなら、どんな手を使ってでも、江戸へ行けばよい。その手立てを自ら探そうとせず、江戸へ行きたい、行きたい、と口だけで申しておっても詮無いことだ」

辰助は膝の上で拳を丸めた。ぐっと奥歯を噛みしめる。

西洋学館の建物から外へ出ると、白黒の柄の猫を胸に抱くお冬がいた。辰助は、胸の内の動揺をお冬に悟られたくなくて、そっけなく会釈だけして足早に立ち去ろうとしたが、お冬に呼び止められた。

「今日は、もうお帰りなの？」

お冬のふっくらした頬が少し揺れた。

「は、はい。失礼いたします」

「なんだか、ちかごろの辰助さん、変」

「もともと変だから。変人の度合いが増しただけです」

取り繕って見せるも、誰の目からも辰助の焦りはすけて見えるのだろう。

「お冬さんって、いつも猫と遊んでるな」

辰助は、強引に話を変えた。

お冬から猫を取り上げ、辰助は自分の胸に猫を抱いた。

「辰助さんは猫を抱き慣れてるわね。猫を飼ったことがあるの」

古い記憶が甦(よみがえ)った。伊藤圭介の家に猫がいてずいぶんと懐いていた。

「七歳のときから出入りしていた蘭学者の家に猫がいてね。よく抱いていた」

「伊藤圭介先生のお家(うち)ね」

「よう知っとるね」

「父から聞いたもん」

辰助は、猫の体をぎゅっと身に寄せた。

(おれは、何が何でも江戸に出る。どんな手段を使っても、江戸へ)

辰助の圧で苦しくなったのか、猫が「ニャ」と短く鳴いた。

その日、辰助は伊藤圭介の家を訪れた。

時勢は蘭学者が弾圧される傾向にあった。かつて高野長英という蘭学者が処罰された。ご政道についての批判を自らの著作『戊戌夢物語』に記したとされる。公儀に対して高野がいったいどんな批判をしたかを知りたかったから、伊藤の家にあった『戊戌夢物語』を読んだものの、別にどうというわけでもない。単に公儀の異国船打払令への反対意見が書いてあっただけで、この程度の批判で処罰されるのかと驚いた。他の蘭学者への見せしめだったのだろう。以来、蘭学者への圧力はますます強くなっている。

伊藤はそれでも潑剌として植物採集のために野山を駆け回っていたが、一月ぶりに会うと、覇気に欠けていた。

「今日は何用か」

尋ねる伊藤の言葉に、どことなく力がない。

「虫の知らせと申しますか、先生がお変わりなくお過ごしかどうか、近況を伺いにまいりました」

伊藤は眉を上げた。辰助の問いにはすぐには答えず、傍にあった木箱に触れ、一通の文を取り出した。

「さすがに辰助は勘の働く奴だ。実はわしの近況は、にわかに変わりつつある」

目を通すと、江戸町奉行所から届いた、「蘭書の儀につき、お尋ねの節これあり」と書かれた出頭要請の文だ。

「何を先生にお尋ねになりたいのでしょう」

「わしが禁書を持っておるなら、逮捕するぞという脅しの文だろう」

「先生は禁書をお持ちなんですか」

「ふむ。心当たりはある」

意外にも伊藤が禁書を持っていると即答したから、辰助は驚いた。

「何という題の書ですか」

伊藤は口にはせず、小さな紙切れに矢立で文字を並べた。阿蘭陀語であった。

「その紙切れ、必ずあとで処分しろ」

阿蘭陀語の題名くらい、辰助は一瞬で頭に刻み込める。

「わかりました。今、頭に入れましたので破ります」

伊藤の目の前で、書き付けを手で細かく千切った。紙屑となったそれをどうしようかと迷っていると、伊藤がさっと手を出したので、辰助がその掌の上に載せると、伊藤は火鉢に投げ入れた。紙の焦げる臭いがして、細い煙が立ちのぼった。

「だが、困ったことに問題の書が見つからない」

置いたはずの書棚にないという。

「わたしが捜しましょうか」

伊藤はしばらく考えてから答えた。

「ふむ。だったら捜してくれ。違う日で捜すと、案外と見つかるかもしれんでな」

「該当の書を見つけた場合、それを、どうされるんですか」

「江戸町奉行所へ出頭して、素直に申し開きをするか、地中深くに埋めて十年くらいのちに掘り起こすか」

「え、江戸、江戸へ行かれるんですか」

急に辰助の口がまわらなくなったので、伊藤が訝しげに顔を上げた。

「見つかってから考える」

「でも先生、阿蘭陀語で書かれた本が、なぜ禁書なんでしょう。阿蘭陀語が読める人など、ごく限られております。公儀の役人とて、何人が読めるか」

「その本は、高野長英の蔵書だったからだ。高野から預かっていたのだ」

高野長英が亡くなってから何年も経つが、それでも奉行所は長英に関わる件を調べているようだ。蘭学者すべてを根こそぎ押さえ込みたいのかもしれない。

「いまから書庫を捜してまいります」

書庫は伊藤の家の二階にある。古い家がいつの年代かに改築されたようで、書庫は真四角の部屋ではなく、途中で折れ曲がっている。

古い本が多い。古紙と墨の懐かしい匂いがした。

かつて書庫の床に腰を下ろして、日が暮れるまで書に囲まれて過ごした日々があった。静かに書を読んでいると、伊藤が飼っていた白黒の猫がしばしば書庫にやってきたものだ。猫はせまい場所を好み、書棚の本の隙間に挟まるようにして眠っていたこともある。猫一匹と人間一人で、何度も長い時を過ごした。数冊ずつ平積みにした書物が、棚から床に落ちていることもあった。猫が落としていたのだろう。

（あの猫は、もう死んでしまったのか）

猫の寿命を考えると生きてはいないに違いない。

だが、今も床に何冊かの本が落ちていた。猫もいないのに、書が勝手に床に落ちるわけがない。

（伊藤先生は、また鼠(ねずみ)よけに猫を飼い始めたんだろうか）

落ちた書を何冊か平積みにして棚に戻すと、奥で何かがつっかえており、棚板から少し前にはみ出した。何が挟まっているのかと、膝を折り屈(かが)んで覗(のぞ)けば、見慣れぬ書が二冊、奥に立てた状態で置かれていた。手前の一冊が奥の一冊を隠すように立て掛けてある。

問題の書だ。

辰助は震える手をゆっくりと伸ばし、いちばん奥の書を手に取り、中を確認した。

（江戸の奉行所か……）

ある考えが頭に浮かび、心ノ臓が音をたて始めたが、その書をそのままそっと懐に入れた。

階下で人の声が聞こえた。来客らしい。伊藤が奥の広間へ客を導き入れて話をはじめたようだ。

(帰るなら、今だ)

辰助は、足音を立てぬようにして階下へ降りた。伊藤と客二人が奥の部屋で談笑する声が聞こえる。辰助は伊藤の書斎へ入り、木箱を開け、さきほど伊藤に見せてもらった江戸町奉行所からの手紙を取り出して、それも懐へ入れた。土間で履き物を急いで着けて、玄関へ出る。

辰助は、その足で内弟子仲間である吉三(きちぞう)の家に行った。伊藤の家には昔、辰助のほかに三人の内弟子がいて、名前は吉三と又蔵(またぞう)と洋次郎(ようじろう)という。兄弟同然に育った。今はみな伊藤の家を出て、それぞれの道を歩んでいるが、吉三の家でときどき四人は集まっていた。

「なあ、吉三。相談したいことがある。明日、又蔵と洋次郎を集めてくれ」

吉三は何事かと、すぐに事情を聞きたがったが、三人が顔を揃(そろ)えた翌日に、ようやく辰助は話をはじめた。

師の伊藤圭介が江戸町奉行所から禁書所持の嫌疑をかけられている——。そう話す辰助は小声になり、前のめりになって三人の顔を見回した。

「禁書は、伊藤先生ではなく、おれが持っていることにしてほしい。実際、今、おれが持っている。伊藤先生の家からひそかに持ち出してきた」

懐からその蘭書を取り出した。三人は驚いて目をみはった。

「勝手に持ち出したんか」

「伊藤先生は、本当に知らんのか」

「知らぬ」

辰助はさらに膝をいざらせて三人に顔を近づけ、説明をした。

「いいかい、伊藤先生が持っていると疑いをかけられている禁書は、伊藤先生ではなく、おれ、柳河辰助が持っている……ということにしてほしい。噂も流してほしい。おれが禁書を持って、江戸町奉行所に赴く。『伊藤先生のところに妙な手紙が届いたが、問題の書は、わたしが所蔵している』と力説する。さらに『禁書とおっしゃるが、禁書ではない。阿蘭陀語に精通するわたしが熟読したのだから、なんら問題となる書ではないとわかっている』と弁明してくる。結果として刑に処せられるかもしれない。一か八かの大勝負だ。おれはとにかく、江戸へ出たい。きっかけが欲しいのだ。おれが江戸に出て、伊藤先生の嫌疑を晴らす。そんな大義名分が欲しい。それで嫌疑が晴れれば一石二鳥。こんな嬉しいことはない」

辰助の、がむしゃらな気持ちを皆にぶつけた。何が何でも江戸へ出て、一旗揚げたいのだ。

「そんな危ない橋を渡らんで、ふつうに江戸へ行くのはだめなんか」

「おれのような身の上は、『ふつう』では仕事も得られぬ。何か人の心に刻みつけるような行いをせにゃ、道は開けん」

「うまくいくのか」

「わからんが、刑に処せられるほうが、このまま名古屋でくすぶっているよりは百倍ましだ。許しを得られれば、そのまま江戸にとどまるつもりだ。阿蘭陀語や英語の読み書きができる人間を、求めている人が江戸にいるかもしれん」

「伊藤先生には、いつ伝えるんだ」

「言わぬつもりだ。でも、いずれ気づかれる。おれが江戸へ発ってから、おまえたちから伊藤先生に話してくれ。師匠を助けるためだ。ついでにおれを助けるためだ」

辰助の思いに、弟子仲間は最後には納得してくれた。

「わかった。辰助の援軍となってやる」

「おまえがそれほどまでして江戸へ出たがってるとは、ついぞ知らなんだ」

弟子仲間はそれぞれ、子どもに勉強を教えたりして日銭を稼いでいる。それゆえ辰助のために、少なからず旅費を援助してくれた。

五

葉桜の青葉が勢いよく芽吹く頃、辰助は夢にまで見た江戸へ到着した。

正午前、日本橋の太鼓橋の真ん中で、遥か彼方にある富士の山を眺めた。

(浮世絵師は、ずいぶんと富士を誇張して大きく描くもんだな)

江戸で生きる術が、富士の浮世絵に表れているように感じた。何事も威勢よく、大きく出るのが江戸流だ。

眼下を眺めてみれば、白壁の蔵の前で船から荷揚げする人たちが群集している。

「御免よ、御免よ」

振り返れば、棒手振りの物売りが三人連なって、人をかき分け勢い良く進んでいく。目に入る江戸っ子たちの顔が明るい。辰助の心も高揚する。

いきなり奉行所に赴いて処刑の憂き目にあうのも、つまらぬ話だ。江戸の町を歩き回っても許されよう。いくぶん気持ちが大きくなっていた。

茶屋の前を通りかかったとき、太った番頭が辰助に声を掛けてきた。

「江戸見物かい。何所に行くのさ?」

田舎者だと、ひと目でわかるらしい。

「弁慶堀に」

「何しに行く？」

「河童を見に」

いつぞや鉱之進と喧嘩をした折、江戸へ行けば河童がいると聞かされた。

「弁慶堀に河童なんか、いねぇよ」

やや赤らんだ大きな顔が不思議そうな顔つきになった。

（やっぱり嘘か。河童など、江戸のどこを探しても、おらぬのだ）

番頭の近くに座っていた客らしき痩せた男が、顔を上げた。

「河童がおるのは、弁慶堀じゃぁない。源兵衛堀だろうに」

「葛西の源兵衛堀！　それ、それ。源兵衛堀にはちと変わった河童がおるんだったな」

番頭は豪快に笑った。

「正しく言えば、河童の倅だけどよ」

「わしも見に行ったさ。河童の倅！」

番頭と客が二人で盛り上がっている。本当に河童がいるのかと驚いた。辰助は番頭と距離を縮めた。

「葛西……ですか？」

土地勘のない辰助には、ずいぶんと遠そうな響きがあった。

「いかにも、葛西」

「河童の倅というのは、つまりは、子河童ですか？」

「行けば、わかる」

座っていた客が、付け加えた。

「旅のお人。河童見物には、酒か胡瓜を持参していかねぇと、尻子玉(しりこだま)を抜かれるぜ」

意外と親切な男だが、意味がわからぬ。

「尻子玉って、何ですか」

「人の魂さ。人間の尻にあって、人間には見えぬが、河童には見える。尻子玉は河童の好物だからな」

「河童はな、人の背後から近づいて、尻子玉を奪い取る。すると、人は死ぬ。魂が抜けて、命が消えるというわけさ。気をつけな」

番頭が説明しながらも、紙切れを取り出した。

「源兵衛堀までの地図を描いてやるわ。わざわざ行くほどの値打ちがあるかどうかは、わしは知らんけどな」

「ぜひとも行きたいです」

奉行所に行く前にもう少し寄り道しても構うまい。

「葛西まで行って、河童の倅に会えるかどうかってぇのも、わからんぞ」

「運試しと思って、行ってきます」
辰助は描いてもらった地図を頼りに、道に迷いながらも源兵衛堀へ向かった。
目よりも先に、耳が源兵衛堀の河童の名所を察知した。堀の近くで人が群れている。
カッパ、カッパ……と調子よく繰り返し叫んでいる声が、まるで祭の騒ぎだ。
人の群れをかきわけて、辰助は背を丸くしていちばん前に進み出た。すると、一人の
大道芸人風の男が宴会芸さながら、手を体の前でくねくねと動かし、蟹股で小屋から進
み出てきた。待ってましたと周囲から歓声が上がる。
芸人の男は踊りながら、唄いながら真ん中に進み出た。

わたしは、葛西の源兵衛堀、
河童の倅でございます
わたしにご馳走なさるなら、
お酒に、胡瓜に、尻子玉

芸人は手と足で音頭を取りつつ、くるりと半回転して股を開き、着物の裾をまくって、
股の間から顔を覗かせる。芸人の唄と踊りが始まる前から、笑う準備は万端に整ってい
るといった風の観衆たちが、ある者は地面に転がって腹を抱え、ある者は膝を打って笑

い、肩車された小さな子どもは、両足をばたばたと動かし喜んでいた。人々は、芸人の前に酒の壺(つぼ)や野菜を置いている。歌詞と振り付けを微妙に変えて、延々と同じ音律の唄を繰り返す。

終わったかと思えば、「もう一回、踊ってぇ〜」と女の黄色い声が飛ぶ。すると観衆の、カッパ、カッパ……のかけ声が再び始まる。

「仕方ねぇなあ。ならば、もう一回。さてさて、仲間が欲しいところだが」

芸人は、観衆を眺め回したかと思うと、辰助のところで視線がピタッと止まり指さした。

「見つけた！　河童の弟を見つけた！　あんた、さあ、前に出た出た」

後ろの人間が、軽く辰助の背中を押した。

「呼ばれてるよ」

辰助は、押し出された。片足が地面につっかえて、こけそうになったが持ち直した。いきなり『河童の弟』だと指さされて腹がたったが、先ほど見た芸人の歌と踊りはすべて頭に刻まれていたから、寸分たがわず踊って、人並み外れた記憶の力を披露してやりたくもあった。

書物を包んでいた風呂敷の置き場所に困って、左右を見回すと、隣に立っていた島田(しまだ)髷(まげ)の女が察したのか、白くて細い両手を伸ばした。

「預かってあげるから、踊ってきて」

辰助は芸者風の愛想のよい女に風呂敷包みを渡し、人の輪の真ん中に立った。

「さてさて、河童兄弟による、河童の舞の始まり～」

江戸で、今こそ自らの殻を突きやぶってみせるよい機会であった。

辰助は大きな声で唄いはじめた。

「わたしは葛西の源兵衛堀、河童の倅でございます～」

破れかぶれの気持ちだったが、河童の兄の動きと息がぴったり合った。股を開く幅までそっくりだったのか、観衆が腹を抱えて笑っている。喝采を浴びて芸が終わる頃には、前に置かれる酒壺が増えていた。

「おまえさん、なかなかやるじゃないか。また来いよな」

芸人に笑顔を向けられた。河童呼ばわりされて、二度と来るものかと思う気持ちが半分。もう一度、自らの河童の舞で人々を喜ばせたい気持ちが半分の、奇妙な心地だった。

踊り終えて、辰助は急に我に返った。

（風呂敷包みはどこだ！）

自らの軽率な振る舞いを咄嗟に猛省した。風呂敷には禁書の蘭書が入っている。幸いにも辰助の風呂敷を持った女は近くに立っていた。

「預かってくれて、ありがとう」

心からほっとして辰助は女に走り寄った。

「風呂敷の中は、書物かしら」

「はい。重い荷物を持たせてしまい、申し訳なかった」

「あなた、何者？」

にっこりと笑った女に尋ねられた。

「何者でもない。三日前に尾張から江戸へ出てきたばかりの、いわば田舎者です」

「蘭学者？」

びくっとした。まさか風呂敷の中身を見られたか。

世間から目の敵（かたき）にされている「蘭学者」などという言葉を、大きな声で口にしないでほしい。

辰助は風呂敷を早々に取り戻そうとしたが、女は摑んだまま離さない。

「ねえ、蘭学者なの？」

女が、風呂敷を胸の高さに上げた。

「人の荷物を勝手に見るとは、無粋だ」

「ごめんなさい。見ようとしたんではなくて、風呂敷の穴から蘭語が見えたの。ここ」

女が風呂敷側面の小さな穴を指さした。書物の横文字が覗いているのを見て血の気がひく。

「ちょいと、お話があるわ。あたしについてきて」

女の顔が、すぐ真正面にあった。

「どんなお話ですか。あなたこそ何者ですか?」

「あたしは芸者よ。いまから蘭学者の方々が集まる宴席に出るの。一緒に来て」

「貧乏人ゆえ、芸者のおられるような宴に行ける身分ではありません」

「若い蘭学者を探してる人がいてね。紹介させてほしいの」

「ほいほいついていったら、宴席ではなく、捕まえられて牢屋に入れられるんだろう」

「なかなかに疑い深い人ね。世の中、そうそう悪人ばかりじゃないわよ。あなたも蘭学をやっていらっしゃるなら、桂川甫周様をご存じでしょう。今宵は桂川家の宴席に呼ばれているの」

一流の蘭学者の名前が、女の口から出て辰助は面食らう。

「桂川甫周先生は、どこの馬の骨ともわからぬ若造が面会できるような相手ではない」

「甫周様はね、とても気さくな方なの。若い蘭学者なら喜んで会ってくださるわ」

「信じがたい」

「いいからついてきて」

女の押しに負け、辰助は同道した。華やかな帯を長く垂らした芸者とともに歩くなど、辰助には生まれてはじめてだ。

「江戸っちゅうのは、怖いなぁ。いきなり女子(おなご)に誘われて訳のわからぬ場所へ連れていかれる。命まで奪われぬといいが、これはいわば運試しだな」

「何をぶつぶつ言ってるの。わたくし、小竹(こたけ)と申します」

「柳河辰助と申します。小竹さん、美しいけど怪しいね」

女は、さっさと桂川家についての話題に移った。

「甫周様は、『ヅーフ・ハルマ(和蘭字彙)』の出版の準備をしているの。写本ではなく、出版よ。蘭学者にとっては厳しい世の中だけど、桂川家は公方(くぼう)様の御典医をなさっているから、『ヅーフ・ハルマ』の出版が許可されたのよ」

「信じられぬ。蘭書の流布を激しく嫌う公儀が、許可したというのか」

「特別な家だからね」

「そもそも、桂川家はどこにある?」

「築地よ。大川の船に乗って、築地の西本願寺御門跡(ごもんぜき)の近くまで行くの」

説明されたところで、辰助に土地勘はない。

「小竹さんは、桂川家によく出入りしているの?」

「はい。あたしと、芸者仲間が三人ほど。多いときは、五人ほどで出向くのよ。甫周様は、賑(にぎ)やかで華やかな場のお好きな方だから」

小竹に言われるままに船に乗る。築地の近くで後ろから来た屋形船に追い越された。

屋形船には三人の芸者が乗っており、にこやかに辰助と小竹に手を振っている。いちばん舳先に近いところに、薄紫色の着物を纏った上品な女が、凛として座っており、「小竹さん、のちほど」と声を掛けた。辰助の隣に座った小竹が、「はい」とだけ答えて、静かに微笑んでいる。辰助にとっては華やかすぎる眩しい世界だった。追い抜いていった屋形船が、先に船着き場に到着した。色彩のない船着き場が、芸者の色とりどりの着物と、女の会話で空気を変える。すぐあとに、辰助と小竹が船を降りた。

右も左も旗本の大きな屋敷が建ち並んでいた。辰助はあたりを眺め回した。門の前には番人が何人も立っていて、小竹ほか芸者三人は、何の尋問も受けることなく通される。芸者に囲まれている旅装の辰助を、番人はしげしげと見つめたが、同行者として黙って通された。

形のよい松と石灯籠がいくつもあり、真正面にある母屋に小径が繋がっている。広い庭には堆い小山があり、祠もあった。お狐様の像もある。

辰助は座敷で、桂川甫周を待った。

現れた男は目鼻立ちの整った役者顔である。年齢は、三十を少し超えたところか。落ち着いた物腰ではあったが、着物をぞろっと着流して、江戸の粋を気取っているようなところがあった。この男が甫周で間違いないようだ。

小竹が早速に辰助を紹介した。

「甫周様、若い蘭学者をお探しとのお話でしたから、一人、連れて参りました。蘭書を持っておられます」

甫周は、一言「ほう」と呟(つぶや)き、口元を綻ばせた。

「ずいぶんと容易(たやす)く捕まえてくるではないか」

よく通る声が響く。辰助の隣で、小竹が微笑んでいる。

「柳河辰助でございます。三日前に江戸へ出てきたばかりです。みすぼらしい格好にて申し訳ございません」

辰助が畳に手をついた。

甫周の口元には、僅かな笑みが浮かんでいる。視線が辰助にまっすぐに向けられた。今までどこで何をしていたか、蘭学を誰に学んだかなどを尋ねられた。甫周は伊藤圭介の名を当然のごとく知っていたから、話は早かった。辰助は大事に懐に入れてあった町奉行所からの召喚状を取り出して甫周に見せた。伊藤のために出頭するつもりだと伝えたら、甫周はあっけらかんと笑った。

「町奉行所などという辛気臭(しんきくさ)い場所に行くと、人間が黴臭(かびくさ)くなるだけだ。止(や)めておけ。近づかぬほうが身のため」

軽くあしらわれた。止めておけと言われても、辰助が尾張から江戸へ出てきた大きな理由の一つである。

「出向かなければ、名古屋まで捜索の手が伸びますから、なんとしても申し開きに行きたいです」

町奉行に関わる人間と面識を得る機会にもなる。己の才能をわかってくれる人間に出会いたいという欲望もある。

「町奉行所の奴らは、さほど暇でもない。単に牽制しているだけだ」

甫周が自信たっぷりに告げ、さらに町奉行所からの書状を眺め回した。

「文は行間を読まねばのぅ」

辰助は顔を上げて、甫周の顔を見た。

「行間には、何と書いてありますか」

甫周は間を置いてから書状を再度恭しく持ち上げて、一息で言葉を口にした。

「蘭学に傾倒しておる伊藤圭介殿。異国の風説書に振り回されて、出すぎた意見を書物などに書こうものなら、どういう結果になるかわかっておろうの。見せしめの高野長英の末期を、生涯忘れるな。そなたの活動は常に御公儀から目をつけられておると心得よ。と、書いてある」

確かに、説明されたとおりにも思えた。

「なるほど。行間に隠された意味は理解いたしました。ただ、もし書状に書かれている文章を文字通りに受け取り、町奉行所に出頭したら、どうなりますか」

江戸で働き口を見つける機会を失いたくない。辰助は姿勢を正して尋ねた。

「形通りの取り調べを受け、やがて釈放される。だがな、これも何かの縁。わしが話をつけてやる。伊藤圭介殿とそなたは、無実潔白であることを。すべてをわしにまかせておけ」

「あ、ありがとうございます」

辰助は、ひらに身を伏せた。どうなるかわからぬが、甫周の考えに任せようと決めた。

甫周が書状を折り畳んで辰助に返しながら、さきほどより距離を縮めてきた。

「そんなことより、ヅーフ・ハルマの出版のために、人手が要る。ちょいと手伝ってほしい」

辰助に断る理由はなかった。運試しのつもりで小竹の言いなりになって流れ着いた先が桂川甫周の家で、しかも仕事まで得られるとは、かなりの強運。江戸での幸先のよさすら感じる。

江戸から遠く離れた尾張の蘭学者にまで、公儀が目を光らせている一方で、江戸のど真ん中で蘭書の出版をしている人物がいるとは驚きだった。小竹の話は、本当だったのだ。

「桂川家は、世間の常識を逸脱したところに存在しておると考えてもらって差し支えない。公方様から、絶大な信頼を置かれた家。町奉行所が、しょぼい召喚状など決して送りつけてこぬ家だ」

　別の誰かの言葉であれば、自慢とも強がりとも聞こえそうな言葉だった。だが、甫周が口にすると納得できる。

「さて、そろそろ、人が集まる。桂川家に足を踏み入れた者は、宴会時には一芸を披露してもらう仕来り（しきたり）となっておる。覚悟しておけ」

　甫周がにやりと笑った。

「わかりました」

　すっかり宴会の準備が整った。

　葛西の芸人の踊りが脳裏に甦る。辰助は源兵衛堀で覚えた踊りを人前で再現した。

わたしは、葛西の源兵衛堀、
河童の倅でございます
わたしにご馳走なさるなら、
お酒に、胡瓜に、初鰹（はつがつお）

「初鰹ときたか」

　桂川甫周は上機嫌で大笑いした。

「初鰹を仕入れたら、河童の辰助に食わせてやるからな」

辰助の踊りは、宴会に参加していた一同に大好評であった。

「なあ、それはそうと、辰助の蘭学の仲間がいれば、連れてこい。ヅーフ・ハルマを、若者たちとともに仕上げたいと思うておるのよ」

甫周の言葉を聞いたとき、辰助の頭に浮かんだ人物は、江戸にいるはずの鉱之進だった。果たして再会できるかどうか。

六

甫周の屋敷は築地の浜御殿(はまごてん)に近い場所にある。浜御殿の隣には尾張徳川家の蔵屋敷があった。鉱之進が江戸へ出た理由は、築地に砲台を築くためだったのを思い出した。辰助は鉱之進の居所をつきとめようと築地蔵屋敷へ行き、玄関脇の番所で尋ねた。

「鉱之進殿か……。もうおらぬよ」

辰助とさほど年齢は変わらないくらいの番士が答えた。

「どこに住んでいるとか、何か手がかりがあれば教えてほしいのですが」

知らぬ、とそっけなく突っぱねられた。怪しい者ではないと解(わか)ってほしくて、咄嗟に尾張名古屋の話を持ち出した。

「わたしは名古屋の西洋学館で鉱之進さんと一緒に学んだ者ですが、どうしても会いたい事情がありまして」

　すると、番士の表情が少し緩んだように見えた。

「西洋学館の上田帯刀先生を知っておる。息災でおられるか」

　番士は少し心を開いたらしい。

「はい。お元気でいらっしゃいます」

「あのな。鉱之進殿は市ケ谷（いちがや）にも、もうおらぬよ。遁走（とんそう）したらしいから」

　江戸での任務が終了して名古屋へ帰国命令が出されてすぐ、鉱之進は脱走したという。よほど江戸に残りたかったのだろう。

　脱走とは、いかにも鉱之進らしいと思った。

「今は、どこにおるのでしょう」

「居所はわからん。だが、もし鉱之進殿に接触する者がいたとして、何か言付けはあるかい」

「柳河辰助が、鉱之進にひどく会いたがっているとお伝えください。わたしは、この近くの桂川甫周様の家に出入りしておりますともお伝えください」

「承知した！」

　明快な返事だったから、この若い侍自身も、知らないふりをして何か知っているのではないかと感じた。

やがて半月ほどして、桂川甫周の家に、鉱之進から辰助宛の文が届いた。

文には、「川口の善光寺宿坊に来てほしい」と書いてあった。右肩下がりの鉱之進独特の文字であった。その癖のある文字を見たとたんに、急に昔の記憶が甦った。西洋学館で鉱之進と過ごした懐かしい日々だ。お冬と三人でおから猫神社に行った日も、今となっては遠い日々に感じる。文が届いたことからして、鉱之進も辰助を必要としているのではないかと感じた。

「川口へ行く!」

辰助は即座に決めて、翌日に出立した。

善光寺に行くには、荒川を渡し船で渡る。船着き場の近くには、茶屋や団子屋、蕎麦屋など、参拝者目当てに商売する店が建ち並んでいる。川を渡ったばかりだったが、辰助は緋毛氈を敷いた茶店を見つけ、一服することにした。

懐から、出掛け間際に甫周からもらった英字新聞を取り出した。横浜で外国人向けに刊行されたものらしい。早々に目を通しておきたかった記事があった。遠くから見れば、何を広げているのか見えぬだろうという緩んだ気持ちもあった。

記事を読み終えたとき、人の気配がしたかと思うと、あっという間に目つきの悪い四人組に囲まれた。

る。

「異国の文字を読んでやがる！」

悪党の大声に驚いて、茶屋のほかの客が逃げていく。店の給仕の女も遠巻きに見てい

「異国に魂を売った男がおるぞ！」

「懲らしめてやる」

一人の大男が辰助に摑みかかると、道行く女の参拝客たちが、悲鳴を上げた。恐怖に体が震える。

そのとき、男たちの背後から駆けてくる男がいた。

「辰助、おれに任せろ」

久しぶりだが鉱之進だとすぐにわかった。辰助に絡もうとしている大男を鉱之進がひっぺがし、あっという間に背負い投げをかけた。勢いあまって、男は土手を転がり川へ落ちた。

さらに鉱之進が腰の重心を低くして、別の男の腕を取り、「とりゃーっ」というかけ声とともに投げ飛ばした。

残りの二人が後退し、全速力で逃げていった。

「強いねぇ」

茶屋の主が、遠くで声を上げた。

「鉱之進、さすがの腕前じゃあないか」

「そろそろ辰助が来る頃かと船着き場を見に来たら、このざまだ」

懐かしい鉱之進の顔が目前にあった。

「恩に着る」

「よう来たな。本当に、よう来たな」

鉱之進が辰助の肩を何度も軽く叩いた。嬉しそうな顔に見えた。

「おれ、辰助にずっと謝りたいと思っていた。河童に似ているなどと言ったから、おまえはひどく傷ついたと思う。悪かった。すまん。だがひとつだけ釈明させてもらうと、おれの中では河童は愛らしい生き物だ」

「いや。河童に似てると言われて助かったよ。おれは江戸へ出て、河童のおかげで縁ができ、仕事まで得た」

辰助が桂川甫周の家にたどり着くまでの話をすると、鉱之進がにわかに仲間に加わりたいと望んだ。

「おれにもヅーフ・ハルマの仕事を手伝わせてくれ」

「手伝ってほしいと伝えに来たのだ」

こうして鉱之進もまたヅーフ・ハルマ編纂（へんさん）に携わることになった。

甫周は鉱之進を気に入り、桂川家の敷地内に鉱之進を住まわせた。

鉱之進のほかにも、桂川家には福沢諭吉や成島柳北、神田孝平といった洋学者が集まるようになり、鉱之進はいつもその中心にいた。

化学の話は宇都宮鉱之進（のちに宇都宮三郎と改名）に聞けと言われるほどになり、のちに公儀の大砲製造を指導するまでになった。

辰助は、柳河春三と改名し、中外新聞の創刊に向けて動き出した。

七

尾張の西洋学館の上田帯刀とお冬の両名に、手紙が届いた。差出人は柳河辰助で、近況を知らせる便りだ。

さきほどから手紙を手からはなさず、何度も読みかえしているお冬に、父親の上田は呆れ顔だ。

「お冬。そんなに辰助の近況が気になるか。辰助は、お冬の想い人か」

「お父様、違います。こないだまで西洋学館にいた辰助さんが、江戸で嬉々として過ごしているのを知って、嬉しいやら、寂しいやら。いろんな気持ちが胸に渦巻いてしまって」

「こないだまでって、もう一年以上も経つだろう」

「そんなに経つかしら」

「鉱之進に至っては、江戸へ行って、もう四年くらい経つ」

元塾生の顔を、上田父娘(おやこ)はいつまでも覚えている。

「早いわ。二人とも江戸で活躍できてよかったとは思うけれど、正直言うと、やっぱり寂しい。みんなで家族のように西洋学館で過ごしていても、結局は巣立っていっちゃう」

「巣立ってもらわんと困るじゃないか。学問所で学ぶ者は、いずれは大きく羽ばたいていくのだ。我々は彼らの巣立ちを応援せねばな」

火鉢が音を立てた。

「でも、江戸まで行かなくても、名古屋にずっといてくれればいいのに」

「本人が行きたいというなら、江戸へ出ていくのが本人のためだろう」

「手紙の中の辰助さんや鉱之進さんが眩しくて、ああ、ほんとうに遠くに行っちゃったんだなぁと思ったら、なんだかせつなくて」

いつも西洋学館の事務室をうろうろとしている白と黒の柄の猫が近寄ってきた。猫はお冬の膝の上に乗った。

「お父様、わたし、鉱之進さんと辰助さんと三人で、昔、おから猫神社に行ったんです。二人が、将来、江戸へ出られますようにとお願いするために。今、あらためて考えると、猫神様が、みんなの願いを叶えてくださったんだわ」

　お冬の膝の上で、猫はじっとしていた。暖をとるためか、寒い日は家に入り込んでいる。

「お冬。猫が人間の願いを叶えるとは、お伽噺もええ加減にせんと」

「あら、お父様、おから猫神社で祈願すると、何でも願いが叶うって、いまや名古屋じゅうの人が信じてる話よ」

　お冬は、膝の上の猫を撫でた。猫は嬉しそうに喉を鳴らした。

「お膝の上の猫ちゃんは、おから猫様かもしれないわ。二人が江戸へ行くことができたのは、おから猫様のお導きのおかげよ、お父様」

　お冬は辰助からの手紙の返事に、西洋学館の近況を書いた。最後に一つ、追記した。

「白と黒の猫は元気です。今も膝の上で眠っています」

　膝の上の猫が起き上がり、体の向きを変えてまた座った。

第五話　いとうさん

一

人々が「いとうさん」と呼ぶ呉服店は、名古屋の茶屋町にある。

とかく尾張名古屋の人々は、何にでも「さん」を付けるのが大好きで、寺社は軒並み、熱田さん（熱田神宮）、真清田さん（真清田神社）、御坊さん（本願寺名古屋別院）などと呼んでいる。だから、呉服太物商の伊藤次郎左衛門の店も、「いとうさん」だ。

明治五年（一八七二年）正月十一日は、いとうさんの蔵開きの日だ。反物の端布を入れた「袋きれ」が売り出されるから、椿紫苑は、いそいそと出掛けた。

紫苑は三十路前で、夫の敬二郎と三人の子どもと暮らしている。夫は、かつては奉公人も抱える中級武士だったが、御一新で侍が世から消えても武士の矜持にとらわれ続けて、苦しんでいる。気分の浮き沈みも激しくて、おめでたいはずの年始も家の中は気詰まりだった。だから、いとうさんの蔵開きの日を、紫苑は心待ちにしていたのだ。

柿色の店の暖簾が、下ろし立てさながらに清々しく見える。

伊藤の「藤」の文字を、井桁と円で囲った白抜きの暖簾を割って、内から店の小供が出てきた。袋きれを求める客を数えながら歩いてくる。人差し指を小刻みに動かし歩いてきた小供は、急に紫苑の斜め前で足を止めた。

「おあいにく様でございます。数に限りがございますので、お客様より後方にお並びの方は、お求めいただけません」

「ええっ」

紫苑は思わず声を上げてしまった。

惜しくも一人手前で売り切れとは、何たる不運。たかが裁ち布(たぎれ)の寄せ集め……などとは考えられず、蔵開きの「福」のお裾分けすら、買い損ねたと落胆する。

「残念だわ」

紫苑の前で、小供が深く腰を折って頭を下げた。

「まっことと、申し訳ございません。よろしければ、反物を御覧になってくださいまし」

正月から賑(にぎ)わういとうさんの店は、土間を挟んで東と西に分かれている。

番頭の名が天井からぶら下がっているのは、旧時代と同じだ。暖簾の隙間から中を覗(のぞ)けば、見知った顔がある。名は六助(ろくすけ)だ。維新前は外回りの御用聞きとして紫苑の家にも出入りしていた。

（六助さんも、出世したものだわね。いつのまにか番頭になっているわ）

紋付き袴(はかま)姿の客と談笑する六助の顔が、嬉々(きき)としている。

かたや、新しい反物などとうてい買えぬ紫苑は、すぐに店の外へ出てしまった。ちょうど一台の人力車から下車する男がいて、紫苑は車夫に駆け寄った。

「わたしを乗せてちょうだい。おから猫神社まで行ってほしいの」

紫苑は気持ちを切り替えて、おから猫神社詣でを決めた。以前から、娘の幸に勧められていたのだ。

「あいよ。熱田さんではなく、『おから猫さま』のところですね」

車夫は、人力車を発進させた。

「『おから猫さま』と仰ったわね。なぜ熱田さん、と呼ぶのに、おから猫神社は『さん』ではなく、『さま』なのかしら」

「神社の格の違いですがな」

「格ならば、おから猫神社より、熱田さんのほうが、上でしょう?」

三種の神器の一つである草薙剣をご神体とする熱田神宮は、伊勢神宮と同じくらい尊いと言われている。

「わっしの言う格は、本殿が立派とか、由緒正しいとかじゃあ、ありませんぜ。御利益の違いです。人の願い事が、どれだけ叶うかによって格が決まります」

よく通る声の車夫が、迷いなく話す。

「だったら、やっぱりおから猫神社に行かなくては」

「いとうさんの店で買い物をなさるようなご婦人に、いったいどんな願い事があるのか、わっし、にわかに興味が湧いてきました」

「年々、幸せが目減りしていくのよ。先細っていく。今年は正月から、反物の端布さえ売り切れで買えなかったのよ。先が思いやられる」

「そりゃ、商売上手ないとうさんの策略です。単なる客集めの道具として袋きれを只同然に売り出して、実は買わせたいものは、高価な反物なわけですよ」

「だとしても、ちょうど、わたしの一人手前で売り切れるなんて、運が悪すぎる」

「ま、せいぜいおから猫さまに、開運を祈願なさるとええです」

　車夫が軽く笑った。

「もう一つ、名古屋の町に活気が戻るよう、お願いしてみるわ。そもそも、名古屋城に金の鯱がないのは、実に残念だと思わない？」

　昨年（明治四年）、徳川慶勝が、名古屋城の金の鯱を無用の長物として天守から下ろした。そして、明治新政府に献納するため、金鯱は東京へ運ばれた。以降、新政府はあちこちの博覧会に、見世物として金鯱を出陳している。

「わっし、徳川様を恨みましたさ。ここだけの話、徳川様はいったい何を考えてござっせるのか、さっぱりわからぬ。あんな神様みたいな鯱を地べたに下ろしては、罰が当たれせんかと怖くなった」

紫苑とて同感だ。

「罰はすでに当たっているのかもしれませんわ。昨今、名古屋の町がどんどん物騒になって、殺伐としているもの」

「まさに殺伐という言葉がぴったりくるね。昨夜も、大須の煮売り屋の前でね、元はお侍だった人どうしが喧嘩しておりゃぁたで。つかみ合いの殴り合い。唇が切れて血を流しながらも、『てめぇは、侮辱するつもりかっ』と叫んだ男は、鬼さながらの形相だった」

没落した侍の話を聞くと、紫苑は気が滅入る。脳裏に、夫との昨夜の出来事が甦った。夫の敬二郎こそ、どこかで騒動を起こしそうなくらいに不機嫌であった。堀川で小魚を捕まえ佃煮屋に売って稼ぐ元武士の知人のことを、敬二郎がののしったのだ。知人を非難がましく話す敬二郎に、紫苑は我慢がならず、つい反論してしまった。

「川で捕まえた小魚を売って、何がいけないのですか」

「川に入って鮠を捕まえるのは、まあいいとしてもだ。捕まえた鮠を佃煮屋に持って行き、買ってくれと頭を下げるなど、到底おれにはできぬわ。腐っても武士は武士だ」

「わたしなら、できます」

子を抱え、生きるために必死な知人の姿を蔑む敬二郎こそ、目を覚ましてほしい。

敬二郎の目が急につり上がった。

夫婦の不穏を、子が嫌がる。

側にいた十二歳の長女の幸が、喉が渇いたと呟いて、いなくなる。すると、長男と次女も幸の後を追いかけていった。三人の子が、子どもながらに気を遣っていると知る。

だが敬二郎は喚き続けた。

「おまえは口だけでなく、本当に川に入って鮠を捕って売りそうだ。けっして、椿家の恥になるな」

「川には入りませんが、この先、生きていく術は考えます」

「女に何ができるか」

敬二郎の声が一段と大きくなった。

(武家の矜持など捨てれば、何でもできます)

喉まで出かかった言葉を飲み込んだ。

部屋から出ていった子ども三人が、こそこそと何か話をしているらしかった。近ごろ子どもたちが結束していて、紫苑を必要としていないのではないかと感じる。

特に幸は急に大人びて、紫苑から心が離れつつあるのがわかる。呉服店で袋きれを買いたかった理由には、新しい巾着でも仕立て、娘の心をつなぎとめたい気持ちもあった。

「お客さん、聞いてらっしゃいます？」

車夫が振り向いたので、われに返った。

「ごめんなさい。余所事(よそごと)を考えてしまって、聞こえなかったわ」

「おから猫神社の前の道は、人力車が入りにくうて。ここでええですか」

「もちろんよ」

神社の近くまで来ると、鬱蒼(うっそう)と木々が茂っていた。紫苑は、鳥居をくぐり、お社のほうへまっすぐ進んだ。合掌して祈願する。

「わが家の暮らしが、少しでも豊かになりますように！　平穏を取り戻せますように」

目を開けた。もう一度、目を閉じ頭を垂れて付け足す。

「名古屋の町もまた、かつての明るい活気が戻ってきますように。できれば、金の鯱が名古屋城の屋根で輝く日がまた来ますように」

すでに殿様が献納してしまった金鯱が戻るなど、ありえぬ話と思いながらも深く頭を下げて、再び顔を上げた。

紫苑の前を、白と黒の模様の猫が、ゆったりと通り過ぎていった。

二

寒さが緩み、連翹(れんぎょう)の黄色い花をあちこちで見かけるようになった。

本町通を歩いていた紫苑の足下に、一匹の猫がまとわりついた。正月に見かけた猫によく似た、白黒の毛並みのいい猫で、丸い目が愛らしい。頭を撫でようとすると、猫は鼻を掌に近づけたり、膝にすり寄ったりする。

抱き上げようと屈んだとたん、紫苑の結い上げた髪から珊瑚の玉かんざしが、すとんと落ちた。そのかんざしの玉の部分を、器用に猫が咥えた。

「あっ、だめよ」

猫は敏捷にするりと向きを変え、そのまま一目散に走り出した。

お気に入りのかんざしだ。何が何でも取り戻さねばと追いかける。

猫は本町通を軽々と進んでいく。立ち止まり、振り返って紫苑を眺め、さらに前方へと進む。速い。

息がすっかり切れた頃、猫は京町筋を曲がり、いとうさんの店の暖簾の隙間から店へ入っていった。

紫苑は息があがったまま飛び込んだ。

「猫を捕まえてください！」

客たちが、一斉に振り返った。番頭が低い姿勢を保ったまま、駆け寄ってくる。

「椿様のところの、ご新造様ではございませんか。どうなさいましたか」

顔見知りの番頭、六助だ。

「猫がわたしのかんざしを咥えて、店に入ったんです」

するとと店の小供が、近寄ってきた。

「猫から取り上げました」

肝心の猫は、土間の奥で澄ました顔をして座っている。

「椿様。かんざしが戻って一件落着ですね。せっかくですから反物をゆっくり御覧になってくださいまし。どうぞこちらへ」

六助の落ち着いた物言いを聞いて、紫苑は自分の慌てぶりを恥じた。店内を見回せば、まるで何事もなかったかのように商談に戻る客たちがいる。紫苑の心も、ようやく落ち着きを取り戻した。

「六助さん、今は着物を誂えるなど、とてもできません。お店で奉公させてほしいくらいなの」

無い袖は振れぬ。

「手前どもは、注文をいただかなくとも、古くからのお客様に、新しい反物を御覧いただけるだけで光栄なのです」

六助の、客をいい気分にさせる話し方は健在だ。

「明治の新しい時代に合わせて着物の意匠も変わってまいりました。新しい意匠をぜひ、椿様に御覧に入れたいのです、ささ、こちらへ」

新しい意匠は見たいけれども、わざわざ蔵から取り出してもらった反物を、見るだけで帰るのも気が引ける。

だが六助に促され、ついつい足が奥へ進む。

番頭は東西に四人ずつ、八人がいる。売り場の奥の方には、帳場がある。紫苑は、東二番に通された。天井から、「六助」と書かれた下げ紙が垂れていた。

「六助さんも出世したものだわねぇ」

茶番が、茶を運んできた。香り高い茶で、「さすがは、いとうさん」と言いたくなる。

六助は、蔵番に伝えるべき柄を小供に指図して、反物を運ばせた。てきぱきと指示する六助に、紫苑はいたく感心した。

猫は土間の奥で、前脚をすっかり胸の毛の中に隠し、眠そうにしている。

「猫が図々しく居座っているけど、追い出さなくていいの？」

「彼奴は店の福猫ですよ。この猫が入り浸るようになってから、当店は、出店が相次ぎ、たいそう繁盛しておりますんでね。今、椿様がお店に来られたのも、福猫のおかげと思うております」

六助の口の達者ぶりが、こそばゆい。

「お店の繁盛は、いとうさんの実力でしょ。猫とは関係ないわ」

「手前どもの当主が、福猫をいたく大切にしておりますので、誰もが猫のおかげで店が繁盛しておると思うております」

　小供が長い反物を抱えるようにして持ってきた。広げられた反物には、蝙蝠の柄が見える。

「奇抜な柄ねぇ。蝙蝠だなんて。地の色も暗いわ。新政府の世の先行きを暗示しているかのよう」

「いえいえ、椿様。蝙蝠は吉祥の柄ですよ。歌舞伎の市川團十郎さんも蝙蝠柄の着物をお召しになっておられます。そもそも蝙蝠の下の漢字『蝠』は、福猫の『福』という字に似ております。しめすへんを、虫へんに変えただけです。字面からも吉祥がわかりますでしょう」

　六助は、にこやかに話を続ける。

「蝙蝠がお気に召さぬようでしたら、こちらはどうですか。鼓に蒲公英の模様。蒲公英は『鼓草』と呼ばれていたのです。鼓の緒が滝のようにぶら下がって、滝に鼓がいくつも流れているように見えませんか」

　蝙蝠の反物よりも、色目は明るい。地は黒だが、鼓の桃色と空色が引き立っている。思わず見入ってしまった。

「鼓の緒に動きがあって斬新だわ。でも鼓だけでなく、地の色も明るいほうがいいわねえ」

小供が運んできた五つの反物をすべて見終わった頃には、紫苑の気は晴れていた。着物の意匠は、目に愉しい。

「椿様のお召し物は、手前どもからお買い求めいただいたものですか」

六助が紫苑の着物を眺め回した。

「六助さんがうちに出入りしていた頃に、買ったものよ」

「嬉しいなぁ。大事に着ていただいて」

「古くなったけど気に入っているわ」

「形がきれいだ。仕立てが実にいい。手入れが行き届いている」

「糸を解いて洗い、その都度、丁寧に仕立て直しておりますから」

褒められて悪い気はしない。

「誰が仕立てるのですか」

「わたしに決まっているじゃぁないの」

武家には、針仕事のための女性を抱えている家もあったが、椿家では紫苑が昔からすべてこなしていた。

六助は、はっと動きを止めた。

「椿様。うちの店で仕立てを請け負ってくれませんか。実は仕立ての職人が足らずに困っているんです。上の者に伝えておきますから」

「あら、そのお言葉、本気にしますよ。仕立てのお仕事、ぜひやりたいわ」

商人の言葉の勢いだと思い、期待はしていなかったが、六助は後日、紫苑の家までやってきた。

「紫苑さん。正式に仕立てをお願いすることになりました。反物は持ってきますので、できあがったら店に届けていただけますか」

(仕立ての仕事がある!)

そう思うだけで、町の景色も明るく見えた。

三

明治十一年(一八七八年)の春。

紫苑は呉服の仕立て人として、開店前の「いとう」の店内にいた。仕立ての仕事は順調で、もう六年も続いていた。最初の頃は夫から猛反対されたが、黙々と仕事をこなすうちに、何も言わなくなった。

朝は、当主の伊藤次郎左衛門の父親である治助(じすけ)の話を店の皆が聞く。

「わしは今朝も、大地震で焼け出されたお客さんの姿が瞼(まぶた)に浮かんでのぅ。布団から飛び起きたぞ!」

ご隠居とは思えぬようなまっすぐな姿勢で治助は中央の帳場に座り、視線を店内のあちこちに注いで奉公人の顔を眺めている。

（またこの話……）

聞き飽きていたから、少々うんざりしていると、同じことを思ったらしい隣の六助が、紫苑の耳元で囁いた。

「いっつも同じ話だね」

大地震が起きたのは、二十年も昔の安政二年（一八五五年）だ。江戸を襲った大きな地震で、上野の店は全壊全焼。大打撃を受けながらも、どこの店よりも立ち直りが早かったのが治助の自慢であるらしい。

「上野店を再建した直後、五万五千枚の引札を配っての。三日間での売り上げは三千両を超えた！　お客さんが大挙して来店してくれた。あんな嬉しい出来事はなかった。お客さんあっての、いとうである！」

治助の中では、地震の大打撃が、人生最大の喜びに変わっている。

「たとえ大地震が起きようとも、おきあがりこぼしのように、すぐさま再起できるのが、いとうである。そこで皆に聞きたい」

治助の野太い声が、店に響き渡った。

「安政の大地震からのすばやい再起と、直後の大繁盛が叶った理由は何か。六助、思うところを述べよ」

さきほど紫苑にこそこそと耳打ちして喋っていた六助の姿を、治助は見ていたようだ。

指名された六助は慣れた様子で、立ち上がって答えた。

「上野店だけでは、すばやい立ち直りは難しかったと思います。名古屋に本店があり、京都に仕入れ店があって、他所から上野の店へ応援に駆けつけたから、再起できたと考えます」

「正しい答えだが、六助、もっと大事な要因があったはずだ」

「地震の被害に遭った方々のために、食料や水を東京に届け、お客様を助けたからです」

六助が付け加えた。

「そうじゃ。いとうの店は、いつもお客様の味方である。名古屋本店も同じだぞ。もし、お客様の家が火事にでもなった際には、真っ先に見舞いに駆けつけるのは、いとうの店の者だ。わかったか！」

「へいっ」

その場にいた全員が返事した。紫苑も、いとうの店がどれだけお客様に寄り添っているかを実感している。

「お客様が困っておられるときには、すぐに駆けつけ、平時のときには、お客様に『いとう』でお買い物を楽しんでいただく。お客様が足を向けたくなる店であり続けねばならん。そのために、いとうの店の者は、できうる限りの知恵を絞る」

治助は、たるんだ頬をぶるぶると震わせた。毎度同じ話ではあるものの、紫苑は治助の話を聞くたびに気持ちがしゃんとした。

そこへ、現当主の次郎左衛門（十四代伊藤祐昌）が姿を見せた。

「おはようございます」

店の者どもが上から下まで、床に頭がつくくらいに背を平らにした。大旦那の治助だけが、文句を飛ばす。

「遅いっ」

「申し訳ございません。こちらへ来る前に、一つ商談を済ませて参りました」

三十路前の次郎左衛門は、痩せてはいるが風格もある。幼い頃より茶の湯にて身につけたという立ち居振る舞いは無駄がなく、所作の一つ一つが滑らかだ。筆まめな質で、日記は事細かに何年も書き続けているという噂もある。

次郎左衛門親子は贅沢を嫌い、質素を常としている。決して座布団には座らないし、店では木綿のみを着用する。

「今日は、お客様が飛びつくような、新時代の意匠を募る話を皆にしたい」

次郎左衛門の声は若々しくて伸びやかだ。

「なんじゃ。まだ話しておらんかったか。早うせよ。都合のいいことに、今日は朝から仕立て職人の紫苑さんも来とらっせる。意匠を一緒に考えてもらえ」

治助の視線が、紫苑に向いた。紫苑は急に自分の名前が出てどきりとした。

次郎左衛門がゆっくりと頷いてから言葉を発した。

「新時代の、新しい図案を生み出したいと思うておる。小袖の図案を募るので、四月末までに応募してほしい。すでに流行っている図柄は駄目だ。半年先の流行を、『いとう』がつくる。お客様が思わず手に取りたくなるような流行をつくり出したい」

淡々と次郎左衛門が言い終えると、治助が口を挟んだ。

「賞金が出るぞ。一等二百円、二等百円、三等五十円だ」

場が、少しどよめいた。

紫苑は、高額ぶりに頭がくらくらとした。

「秀逸な図案は京都で商品化し、全国の店で売る。六助、どうだ。自ら考え出した文様の小袖を、町の若い別嬪さんが着ておったら、嬉しかろう」

「手前は商品を売るのは得意ですが、意匠を考えるのは、ちと苦手で」

六助が、はにかみながら頭をかく。

「商人は胸の内で苦手だと思うても、口では、『一等賞を取ります!』と言わなあかん。商人は勢いが命だ。その点、大阪の恵比須屋の奴らは、口から生まれてきたような者ばかりで、見ておると、すかっとする」

明治八年（一八七五年）に、大阪高麗橋にあった恵比須屋を、商品だけでなく店員も譲り受け、「ゑびす屋いとう呉服店」の名で新町通に開業した。たいそう繁盛しているという。

六助は急に背筋を伸ばし、大声を出した。

「一等賞を取ります！」

皆がくすくすと笑う中で、紫苑は胸の内で叫んだ。

（一等賞は、わたしがもらいます！）

二百円の賞金は、椿家の全員が一年くらい暮らせるお金なのだ。

その日から紫苑は、着物の図案ばかり考えていた。

花車、梅、桜、扇子など考えては描き出して眺め、満足できぬままに、もっと斬新な文様はないかと頭を捻った。

（平凡ではなく、奇抜で且つ吉祥の柄……。金の鯱をあしらった図案はどうかしら）

瞼を閉じれば、大海原の波の文様が浮かんでくる。手描き京友禅風の、半円の白波をいくつも連ねた青海波。波は魚の鱗のごとく重なって、しぶきが金色に舞っている。その波間に出現するのは、金の鯱だ。古くから城の屋根で見た鯱を描いては直し、描いてはまた直す。

歩くたびに着物の裾が揺れれば、波間で跳ね上がる鯱となるはず。

西洋人は、金鯱を海の魚と見立てたと噂に聞いた。頭が「虎」で、胴体は「魚」。虎と魚が合体して「鯱」なのだが、姿は確かに魚に見える。

在りし日の名古屋城の金鯱を、皆に思い出してほしい。

願わくは、金鯱は名古屋に戻り、再び城の屋根で神々しく輝いてほしい。

紫苑は金鯱を着物の図案に決め、丁寧に描き上げて応募した。

一人で、二つも三つも応募する人もいて、全部で百以上の作品が集まったと聞いた。やがて百余点の作品から、十に絞られた。

紫苑の図柄は、嬉しくも百余のうちの十に残った。そしてこの十人が、図案についての発表をする機会を得た。発表の前の日は緊張して、なかなか寝付けなかった。

発表を聞く審査員は、当主の次郎左衛門と、大旦那の治助、加えて別家衆(べっけしゅう)と呼ばれる大番頭(おおばんがしら)の五人、合計七人だ。

次郎左衛門は中央に座り、応募者の話を一言も聞き漏らさぬような面持ちで、真剣に聞き入っていた。

紫苑は、図案に込めた思いを淡々と話した。旧時代の名古屋城の光景が脳裏に浮かんで消えた。すでにお城の天守には存在しない金鯱が、せめて人々の心の中では生き続けてほしい、金鯱は名古屋の『守り神』そのものだと思うと強調した。

次郎左衛門が、熱心に聞き入ってくれたのが嬉しかった。

（結果はどうであれ、聞いてくださってありがとうございます）

一瞬だけ、発表できただけで満足してしまった。だが、十人すべての発表が終わる頃には、入賞したい欲が再び湧いてきた。

せめて三等までには入賞したい。椿家の生活もかかっている。

十人の発表が終わったところで、審査に臨んだ呉服店の幹部は、張り出された図案の前を、歩き回った。

ふと紫苑が横を見ると、いつも土間で大人しく座っている猫が、いつのまにか珍しく畳へ上がり込んでいた。

「しっ」

発表者の一人が追い払おうとすると、猫はすばやく次郎左衛門に近づいた。

「福猫が来たか。猫よ。どれがよいか」

猫は、まるで次郎左衛門の言葉を解したかのように、画を眺めた。左から右へ歩き、止まった。紫苑の金鯱柄の絵の前に座って、じっと見つめ続けている。

番頭が笑った。

「波の間から覗いた鯱が、魚に見えとるんでは？」

「猫は、魚であれば、絵でもええんか。生魚の匂いはせんでも、魚の形が好きなのか」

「不思議やのう」

みんなが、ぼそぼそと笑いながら話している。

だが伊藤次郎左衛門は、猫の後ろからじっと紫苑の図柄を眺めている。もしや入賞かと、紫苑は期待を抱いた。

だが、結果は、三等内入賞とはならなかった。

一等賞は『源氏物語』を題材にした図案で、十二単(じゆうにひとえ)に身を包んだ女性の姿を、桜と雲の切れ間からかすかに配置した柄である。二等、三等は、中国の故事から題材を取ったものであった。やはり、文様そのものだけでなく、背景となる物語が評価された。

(つかの間の夢だった)

期待した分、失望も大きかった。

次郎左衛門は、まだ話を続けていた。

「どれも甲乙が付け難い力作が揃(そろ)った。惜しくも入賞を逃したが、わしが最後まで悩んだ柄がある。椿紫苑さんの金鯱の柄である」

はっとして、紫苑は顔を上げた。

「金鯱は、着物の柄とするには突飛(とっぴ)すぎるし、畏れ多い気がする。紫苑さんは、守り神だとも説明してくれたが、『神』を着物の柄とするのはどうかのう」

足下にまとわりつく猫を、次郎左衛門が抱き上げた。すると猫が、次郎左衛門の指を嚙んだ。

「痛っ」

嚙むだけではなく、後ろ足で次郎左衛門の腕を蹴飛ばしている。

まるで赤子をあやすかのように猫を揺らしながら、次郎左衛門は、話を続けた。

「金の鯱は呉服の図柄にするより、本物を名古屋城に取り返したいと考えておる」

急に猫が動きを止め、自らの頭の天辺を、次郎左衛門の胸にこすりつけて甘えはじめた。

「紫苑さんの図柄を見て、わしは決意した。名古屋に金鯱を取り戻す。実はわしも、御坊さんで開かれた名古屋博覧会で展示された金鯱を久しぶりに見て考えておった。やはり鯱は名古屋の城にあるべきだと。金鯱はお城の屋根にこそよう似合う。博覧会で展示すべき物ではござらんし、同じ意味で、着物の裾模様にも合わぬのでは？　ただ、呉服の図柄に取り入れようとした紫苑さんの情熱に特別賞を授けたい」

次郎左衛門の力強い言葉を聞いて、治助も頷いた。

「賛成だ、紫苑さん、おめでとう」

番頭やほかの応募者たちが、紫苑に向けて拍手をした。

紫苑は温かい拍手に頭を下げた。

「ありがとうございます！」

紫苑は、いただいた特別賞はもとより、次郎左衛門が金鯱を名古屋に取り戻したいと決意した事実が嬉しかった。

四

その日、紫苑が家に戻ると娘の幸が神妙な顔で寄ってきて、話を聞いてほしいという。

「母様(かあ)、わたしも母様みたいに働きたいの」

強い衝動に駆られたかのような口調だった。

紫苑は驚いて、幸の顔を見た。幸はすでに十八歳になっていた。御一新のあおりで世間も家の中も変わり果てて、月日だけがいたずらに過ぎ去り縁談どころではなかった。いずれは嫁に出さなければと家事や縫い物だけは教えていたが、幸本人の気持ちにしっかりと向き合っていなかったと気づく。

「幸にどんな仕事ができるというの」

「久屋町(ひさやちょう)に、愛知県織工場ができたでしょう。機織りを教えてもらえて、賃金もいただけるんだって」

「いったい誰から聞いたの」

「お千津さん。お菊さんも働きに行くって。それから……」

幸は、近所に住む女たちの名を次々と挙げた。紫苑は少なからず動揺して、口ごもっているうちに、幸が続けた。

「わたしが働けば、家計も助かるでしょう？」

幸の言葉が紫苑の胸に突き刺さる。子に言われたくない言葉だ。

物音がして、出掛けていた敬二郎が帰宅した気配を感じた。

「きっとお父様よ。その話はまた後で聞くわ。お父様には内緒よ」

敬二郎が家にいるときは、なにはともあれ、敬二郎が最優先だ。

ましてや幸が働きに出たいなどと言い出したら、喧嘩になりかねない。

夕食のとき、紫苑は図柄が特別賞を受賞した話を敬二郎に報告したあと、いとうさんの話をした。無難な話題を選んだつもりだ。

「いとうさんが、金の鯱を名古屋城に取り戻すために、動きはじめるそうですよ」

紫苑の言葉に対して、敬二郎がつっけんどんに言葉を放った。

「商人は形振りかまわず、何でもやるな」

にわかに空気が陰鬱になる。

「侍は、そうはいかん」と言い出しそうだ。すでに侍が世の中から消えて久しい。にもかかわらず、依然として目に見えぬ矜持に呪縛されている。敬二郎の機嫌次第では、時世に対する不満を延々と聞かされることになりそうだ。

　子ども三人が、黙々と箸を動かし続ける。

　敬二郎が沢庵漬けを食べる音だけが響く。

　雰囲気を変える気の利いた言葉を探す気力さえも、紫苑は失っている。火種が大きくならぬよう祈るだけだ。

　だが、娘の幸は違った。場の空気を変える方法をすっかり身につけた様子で、自ら沈黙を破って話しはじめた。

「わたし、母様が描いた金鯱の図案は大好きだったから、母様の図柄が特別賞に選ばれて、本当に嬉しい」

　過剰なほどの笑顔を振りまき、少し大きな声で会話を導こうとする。そして幸が空気の色を変えるとき、妹の綾と、弟の太郎が、必ず幸の言葉に乗る。

「母様は絵が上手です」

「特別賞はすごい」

「ありがとう」

　子どもたちの気遣いを申し訳なく思いながら、紫苑が返事をした直後に、敬二郎が呟いた。

「紫苑はなぜそんなに金鯱が好きなのだ」

むすっとした言い方だった。

わが娘ながら幸を見習い、紫苑は努めて明るく話してみる。

「なぜって、椿家に嫁いでから、あなた様が登城されているときに、いつもお城を眺めておりましたから。不思議ですが、見ていると力が湧いてくるのです。鯱が金色にまばゆく輝いていました。天守にあるべきですよ」

敬二郎はしばらく考え込むように黙してから口を開いた。

「……確かに金鯱は、天守の屋根に返してやりたいなぁ。本来の鯱の居場所だろうから」

朗らかな口調であった。

子どもたちが一斉に、敬二郎の顔を見た。紫苑も夫の表情を眺めた。口元に、笑みまで浮かべている。

(珍しい)

胸の内で、紫苑は呟いた。

幸が大袈裟(おおげさ)に、顔も体も敬二郎に向けた。

「父様(とうさま)、幸も同様に思います。鯱の居場所はお城の屋根です」

「実は今日、吉田弥左衛門(よしだやざえもん)さんに会ってな。弥左衛門さんも、天守に金鯱がおらぬと嘆いておられた」

出掛けてくるとだけ告げての外出だったから、長い散歩だと思っていた。

「まあ、懐かしいお名前ですこと。弥左衛門さんは息災でいらっしゃった？　名古屋にお戻りになった噂は、聞いておりましたが」

吉田弥左衛門とは、旧時代に敬二郎の上司であった人で、紫苑もよく知る人物だ。過去に尾張徳川家の木曽山（きそやま）の管理の仕事に、敬二郎も弥左衛門の下で携わっていた。弥左衛門は、維新後に官僚になり、大宮県、浦和県、宇和島（うわじま）県と転勤したあと、明治九年（一八七六年）に職を辞して、名古屋に戻ったと噂で聞いていた。

「弥左衛門さんと、どこでお会いになったの」

「南久屋町（みなみひさやちょう）に新築された県の庁舎だ。珍奇な洋風の建物を見物に行った。庁舎の中を弥左衛門さんが案内してくれた。弥左衛門さんは愛知県第一区長として、今後は名古屋のために働くそうだ」

敬二郎は意気揚々と新庁舎の話をした。入り口の左に議会室があるだの、入り口や窓の上部が、洋風に半円になっているだの、さらに帰り道に玉屋町（たまやちょう）へ寄り、時計塔のある奇抜な建物を見た話まで陽気に語った。

幸がますます前のめりになって、敬二郎と話をしている。

「父様。幸も、西洋風な建物をあれこれ見に行きたいです」

「時計が見たいです」

長男の太郎まで、はしゃぎはじめた。

子どもたちの楽しそうな顔を見ながら、紫苑は敬二郎の言動の裏側を考えた。

敬二郎が弥左衛門に会いに行った目的は、新庁舎の見物ではない。自らの身の振り方を、弥左衛門に相談しに行ったのだ。

五

伊藤次郎左衛門は、店の西隣にある本宅の座敷に、父の代から交流のある二人の商人を招いた。

金物商「笹屋（ささや）」の主（あるじ）である岡谷惣助（おかやそうすけ）と、質屋「信濃屋（しなのや）」の大富豪、関戸哲太郎（せきどてつたろう）だ。

幕末に、尾張徳川家の財政が破綻した折、次郎左衛門は、この岡谷惣助や関戸哲太郎とともに御用達商人として多額の調達金を上納した。貸し付けたはずの金の一部は、差し上げたきりとなってしまい、返金されなかった。藩の債務処理で苦い経験を共有している。だから余計に、二人との結びつきは強い。

「治助さんは、お達者か」

すでに孫もいる関戸哲太郎から、尋ねられた。

「父は達者すぎて、夜明けより写経をはじめ、そのあと誰よりも早く店に出て、店の者たちを叱咤激励しております」

「治助さんらしいわ。まあ、朝から写経でもせんことには、気も静まらんわなぁ。わしも写経をはじめようかの」

　哲太郎の息子は、藩債処理のまっただ中に二十代で急死した。心労だと噂された。息子は藩に殺されたと思っているから、藩庁あらため県庁の役人を、哲太郎は今でも嫌う。

「次郎左衛門さん、金鯱を名古屋に取り戻す話は、実によい話じゃ。わしは何があっても協力するし、わしらが三人寄れば、実現できぬ事柄は何もござらんに」

　哲太郎が大いに賛同の姿勢を見せた。

「愛知県の政治は、商人が主導しておるのも同然ですしなぁ」

　惣助も意気込んでいる。

　哲太郎や惣助が力を貸してくれることは次郎左衛門にとって心強く、自身も地元のために一肌脱ぎたいと考えている。

　名古屋博覧会を発起人として取り仕切ったし、哲太郎とは銀行設立準備もしている。

「哲太郎さんの役人嫌いは重々存じておりますが、金鯱を取り戻す交渉をはじめるにあたり、本日は、愛知県の小役人を一人、この場に呼びました。ご了承ください」

「県の役人が、わしら三人の前に、たった一人で来られますかな」

　哲太郎が首を傾げる。

「呼んだのは一人ですが、果たして一人で来るかどうかは、不明であります」

「一人で来たら褒めてやろう。だが、こっちが三人なら、役人も三人で来るぞ」

哲太郎が口にしたすぐあとに、訪問客の声が廊下から聞こえてきた。

「遅くなりまして、申し訳ございません」

大きな物音をたてて、ぞろぞろと現れた。

「一人で来ると思うたら、ぞろりぞろりと、五人のお役人様がお出ましじゃぁ」

哲太郎が歌舞伎口調で茶化している。予想より多い数だ。

「本日は、何卒(なにとぞ)お手柔らかにお願い申し上げます」

何もはじまらぬうちから、役人たちが妙に低姿勢だ。

「して、公園に関する官達の写しは、持ってきてくれましたかの」

次郎左衛門は、さっそく役人たちに尋ねた。

「持参いたしました」

役人の一人が、書面を懐から取り出そうとして、まごまごとしている。

次郎左衛門は話を続けた。

「うちの上野の店の近くに、実に立派な公園ができましてね。上野公園のような場所が、名古屋にはなぜないのかと不思議に思いまして。新政府が各府県に公園をつくるよう奨励しておると小耳にはさみましたが、やはりちゃんと通達は来ておるということですな」

やや落ち着きのない身振り手振りで、ようやく役人から書面が差し出された。

隣に座っていた岡谷惣助が覗き込んだ。

哲太郎にも聞こえるよう、次郎左衛門は声に出して読んだ。

「古来から名所旧跡となっている場所は、永く名勝地として保存するため、『公園』にすべきである。府県において、公園の候補地の委細を取り調べ、大蔵省に提出すること、とあります」

次郎左衛門は、通達の発出日に注目した。ずいぶん古い年月が書かれていて啞然とする。

「明治六年一月の発出だ。つまり、もう五年も経っているわけですな。にもかかわらず、いまだ愛知県に公園が一つも開園しておらぬ事実は、いかがなものでしょうか」

「来年あたりには、大須の清寿院跡地に公園ができる予定でありますから、しばらくお待ちくださ い」

役人たちは五人とも背を丸め、体が小さくなったように見えた。

呆れ返った顔の哲太郎が、低い小声で呟いた。

「次郎左衛門さん。お役人に、仕事の速さを求めても無理とちゃうか。物事は、わしら商人が先導して進めんことには埒が明かぬわ。例の金鯱を取り戻す件もしかり。金鯱の件は、早急に商人が主導して進めよう」

　哲太郎は、「商人が」の部分をしきりに強調している。

「き、金鯱を取り戻すんですか」

　役人が驚いている。

「さよう。名古屋城の天守の屋根に、戻したい」

「金鯱は、尾張徳川様が新政府に献上なさったのです。殿様が新政府に差し上げたものを取り返すなど、到底できません」

　役人たちの顔色がさらに悪くなる。青ざめた五人のうち一人がさらに続けた。

「そもそも、いったん人様に差し上げたものを、返してくださいと頼むのは、相手が政府でなくとも無礼な話であります」

　無理だ、無礼だと、役人に決めつけられた。なぜ拒絶から入るのか理解に苦しむ。

「できんと思う事柄をやり遂げるのが、わしら三人でござってな。ご案じなさるな。わしらが新政府に嘆願書を書きますので、うまく書面が届くよう手を貸していただければ幸いです」

　次郎左衛門はことさら穏やかに話した。

　若い役人たちが顔を見合わせている。

「わしが思うに、今の新しい時代を象徴する言葉は、二つある。一つは《博覧会》。もう一つは《公園》だ。どちらも新政府が政策として推進しておられる。西洋の模倣である公園と、金鯱とを、なんとか結びつけて取り戻せぬかなと思うて、官達を持ってきてもらったわけです」

金鯱を取り戻して新しい名古屋を創っていくための方策を練る機会をここで設けたつもりだったが、役人の賛同を得ることは、とても難しい。

「名古屋城は現在、陸軍省の管轄ですから、公園の候補地としては除外されております」

またしても否定の言葉を役人から聞かされて、少々がっかりもするが、ここで怯(ひる)んではいけない。なんとしても実現できる方法を探し当てたい。

次郎左衛門は再び手元の官達に目を落とした。

「ならば、公園を造る目的の部分、つまり古来からの名所旧跡を永く保存するためという部分と、金鯱とを結びつけるのはどうかのう。名所旧跡の最たるは名古屋城。名古屋城を名勝地として永く保存しますため、そのためには元の金鯱付きの城に戻したく、鯱を返してください、と嘆願する」

惣助が口を開いた。

「素朴な疑問だが、金鯱は各地の博覧会に出されたあとは、どうなるんだろうか」

「宮内省の倉庫にしまっておくんだろう」

「ずっとか」

「そのうち、鋳つぶされて、金塊にでもされるが落ちだ」

「倉庫にしまっておくったって、あんな巨大な物は、収蔵するのも大変だ。置き場に困るだろう。鯱の置き場所として名古屋城の屋根を使ってもらえばええんでない？　そうすれば、宮内省も空いた倉庫の空間に、別の物がしまえるだろう」

「つまり、所有者は新政府のままで、鯱の置き場所だけ変えてもらうってことか」

　哲太郎が尋ねた。

「さよう。城の天守に金鯱が輝いておれば、名古屋の人たちは、返してもらったって思うだろうし、それでええんでない？　実際、名古屋に戻ってくるわけだし」

　哲太郎が、開いた扇子を閉じた。

「ええと思う。鯱の置き場所についての献策の体で、名古屋に返してもらう。その作戦でいこか」

　哲太郎は次郎左衛門以上に強気だ。五人の役人は、五人ともが複雑な表情をしていた。果たしてうまくいくのか、疑問に感じている顔である。

　突如、白と黒の猫が、畳の上に音もなく現れた。

「ねっ、猫。いったいどこから。しっ」

　役人の一人が驚いて、手で追い払おうとすると、猫は次郎左衛門に走り寄った。

「邪険にせんでくれ」

次郎左衛門は猫の胴体を持ち上げ、自分の膝の上に置いた。

「うちの店に入り浸っておる猫です。不思議だが、金の鯱の話をすると、福猫が近づいてくる。少し前に、呉服文様の図案を店の者たちから募集しましてな。金鯱の図柄を描いてきた職人がおって、鯱の図案の前にこの猫がじーっと座っておったんです」

「変な猫ですね」

呟いた役人をめがけて、猫はシャーッと威嚇した。

別の役人が猫を無視して、切り出した。

「あのぅ。仮に新政府が受諾して名古屋城へ鯱が復旧されると決まった暁には、鯱の運搬費用がかかります。なんせ巨大ですから、費用も莫大(ばくだい)です。費用は、誰が持つのでしょうか」

役人が心細そうな表情をした。商人と違って、費用が絡むと途端に顔を暗くする。

「しみったれたことを聞くねぇ」

哲太郎が、役人を睨(にら)みつけるような目で答えた。

「金なんか、わしがすべて出したるわ」

哲太郎の言葉に、役人五人が全員、頭を下げた。

「力強いお言葉、誠にありがとうございます」

「わしも、出したるよ」

惣助も申し出た。

「二人にそう言われたら、わしも出すけど。嘆願書に書いときましょうか。金鯱の運搬にかかる費用は、有志の者で出しますと」

役人の全員が何度も頷いた。

「ぜひお願いします」

「嘆願書はわしが書きます。関戸さんと惣助さんとの連名で出すことにします」

次郎左衛門は自ら申し出た。もともと筆まめな質だから、書きたくてたまらない。

「わしゃ、すでに隠居の身だで、名前は関戸守彦にしといて」

哲太郎が、若き当主である孫の名を持ち出した。

「承知しました」

返事をしてから、次郎左衛門は役人五人を眺め回した。

役人の一人が発言した。

「お書きになった嘆願書は、愛知県第一区長の吉田さんへ渡します。そのあとは県令から新政府へ届くように手配いたします」

はじめて役人から明快な声を聞いた気がした。

「よろしく頼みます」

次郎左衛門が頭を下げたら、つられて哲太郎と惣助も頭を下げていた。ものごとがうまく運ぶ予感がした。

六

「ちょっと出掛けてくる」

敬二郎が紫苑に声を掛けた。

洋装には手を出さずに昔からの和装であるが、どことなく、立ち姿と顔付きが変わったように見える。

「最近、しょっちゅうお出掛けになりますが、どこで何をされているのですか」

紫苑が聞き出さねば、敬二郎はずっと何も言わぬつもりのようにも見える。

「吉田弥左衛門さんに、昔のように仕事を手伝えと言われて、こき使われておるんじゃ」

いつのまにか、働きはじめた様子である。

「では、南久屋町の新庁舎に通っておいでなのですか」

「うむ。給金が出たら、皆に美味いものをたらふく食わせてやるでな」

敬二郎の顔に、昔に見た、屈託のない懐かしい笑顔があった。

「昨日、弥左衛門さんに聞いたんだが、いとうさんが金鯱を名古屋城天守へ復旧したい旨の嘆願書を提出したそうだな。うまくいくよう、弥左衛門さんに伝えておく。おれも、金鯱を取り戻す運動を精一杯手伝いたい気分になってきた」

紫苑の胸の内に喜びが広がった。

「弥左衛門さんに、よろしくおっしゃってください」

南へ歩いていく敬二郎の背中が、まっすぐに伸びている。

一緒に敬二郎を見送っていた幸に、紫苑が話し掛けた。

「幸、父様は変わったわね」

幸が振り向き、紫苑の目を見つめてきた。

「母様。聞いて」

「何？」

「父様だけじゃなくて、わたしも変わったの。この前は工場で働きたいって言ったけど、本当は愛知県師範学校に行きたい」

紫苑は驚いたが、幸の真剣な目に圧倒された。

「誰もが師範学校に入れるわけではないでしょう」

「師範学校は、人が集まらなくて困っているんだって。男女等しく教育を、というのが前提だから、女子は特に来てほしいと関係者が叫んでるって聞いた」

幸が早口になって、まくしたてた。

どこで話を聞いてくるのか、どこまで真実なのか。紫苑は首を傾げざるを得ないが、幸は自分なりに世の動きを知ろうとして、進む道を模索しているようだ。

「幸、ゆっくり話しましょ」

紫苑は幸を座らせた。

「師範学校ってね、学校の先生を養成する学校よ」

「知ってる。わたし、学校の先生になりたいの」

「何を教えるの」

「着物の仕立て方」

なんの迷いもない返事に、紫苑は幸の強い意志を感じた。

紫苑が日頃、幸に針仕事を教えている甲斐もあって、確かに、いずれは仕立てを教えられるまでにはなるだろう。

「前に織工場に行きたいと言ったのは家計のため。父様が働きはじめたなら、学校に行きたい」

幸が、胸の内を噴出させるかのように紫苑に迫ってきた。

「ねえ、母様、父様が言っていた玉屋町の時計塔、今から母様と一緒に見に行きたい」

洋風な尖塔の時計塔である。二階建てで、一階にはいずれ時計の店が入る計画もあると聞いた。

「なんだか幸は、楽しそうね」

夫が変われば、娘も変わる。

「やりたいことがいっぱい出てきて、胸が逸るの。母様、早く時計塔を見に行きましょ。今から行きましょ。太郎だって時計が見たいと言っていたし」

次女の綾と、末子の太郎を連れて、四人で玉屋町へ行った。

人力車が、明治十年（一八七七年）を過ぎてから急に増えたように感じる。あちこちで走っている。

ちょうど正午前だったので、時計の針が正午を指すまで、しばらく待っていた。紫苑の前に十八歳の幸、その隣に十四歳の綾と、十二歳の太郎が横並びに立っていた。紫苑は子ども三人の後ろ姿を眺めた。いつのまにか、背が伸びている。

大勢の人たちが時計塔の近くに集まってきた。

二本の針が真上で重なったとき、高い鐘のような音が辺りに響いた。

幸は感慨深い様子でじっと眺めていた。

綾と太郎が、けらけらと無邪気な声を立てて笑った。

「時計が鳴ってる！」

大人に見えても、綾と太郎は、まだ子どもだ。紫苑は少しほっとした。だが、巣立っていく日も遠くはない。時計塔よりも、時計を眺める子どもたち三人の姿を紫苑は胸に刻んだ。

一年後、金鯱の名古屋城復旧が、新政府より許諾され、金鯱は、天守に再び載せられることと決まった。

七

時は流れ、明治四十年（一九〇七年）である。

紫苑は三十年近く仕立ての仕事を続けていたが、いとう呉服店が長島町（ながしまちょう）に裁縫所を設立した折、講師として生徒たちを教える立場になった。還暦を迎えていた。

裁縫所で紫苑は三十人以上の生徒の面倒を見ている。生徒は女ばかりだ。講師も生徒も毎月増えていき、裁縫所は大人気であった。

もっとも、いとう呉服店自体の規模が大きくなり、客も増えたので、着物の注文に対応していくため、仕立て人の養成が急務だった一面もある。

生徒たちは広い畳部屋に、十人ずつ一列に並んで座る。前から詰めて、後から部屋に入ってきた人が後の列に座っていく。

仕立て中の私語は厳禁だ。皆が一針一針、丁寧に縫い進む。紫苑が生徒の間を一人一人見回るが、困った点があれば、手を上げて呼んでもらう。

　真面目な生徒たちばかりだったが、休憩の時間になると、若さが爆発した。急に、「紫苑せんせーい」と間延びした呼び方をする。生徒たちは、いとう呉服店が前年に創刊した『衣道楽（きものどうらく）』という雑誌が大好きで、「西洋ファッション」とか「ファッションショー」という新しい言葉を口にした。

『衣道楽』は生徒たちの憧れの世界が詰まった雑誌だった。呉服の新柄や流行柄が掲載され、西洋の服を紹介する頁（ページ）もあり、随筆や小説も載っていて紫苑自身も好きな雑誌だ。百頁ほどで、定価は十五銭である。

　新しいファッションばかりが注目されるかと思えば、古典柄を好む生徒もいる。市松模様をはじめ、江戸時代中期の元禄（げんろく）模様などを好む生徒も少なくない。

　ある日、一人の生徒が教えてくれた。

「椿先生、『衣道楽』に、裾模様の懸賞図案の募集が載っています。入選すると、商品化されて、『衣道楽』に載るんですって」

「ぜひ応募してみて。先生も昔、図案を応募したことがあるのよ。特別賞をもらったわ」

　そんな会話をしていたら、ほかの生徒たちも寄ってきて取り囲まれた。

「図柄の懸賞って、昔からあったんですか」

「誰もが応募できる懸賞ではなくて、いとう呉服店で働く者が応募していたのだけどね」

脳裏に甦るのは、いとう呉服店で仕立ての仕事をはじめたばかりの日々だ。

「先生は、どんな柄で応募したんですか」

「名古屋城の金の鯱の柄」

すると生徒たちが皆、少し怪訝な表情に変わった。

「えーっ。金鯱」

「鯱の柄って、あんまりお洒落じゃないような」

くすくすっと笑いが起きた。

今なら、金鯱の図案など考えつかないだろう。三十年前、どうしても金鯱にこだわりたかった。今思えば不思議でたまらない。まるで何かが取り憑いて、金鯱を描かせたような気もする。

だが、名古屋城に金鯱が戻ってきてからは、次第に金鯱への執着は薄れていった。

ある生徒が斜め横から、きらきらした目を向けた。

「先生、無数の蝶を市松模様と組み合わせて、小袖の全体に大きく配置したら華やかになると思いませんか」

「いいわね。大柄な模様は、映えるわね」

「わたしは、芸者さんが金屏風の前で舞っている図柄がいいです」

次々と生徒が自分の考えを口にする。

「みんな、いろいろと考えて、図柄を描いて。突拍子もない案も出してね」

話をしていると、長女の幸が裁縫所に顔を出した。

「幸先生だ！」

生徒の明るい声に、幸も嬉しそうだ。

幸は、師範学校を卒業したのち、小学校の教員になったが、休みの日は、紫苑を手伝ってくれる。還暦の紫苑には激務すぎると案じているようだ。

生徒と会話する幸を見ると、紫苑はいつ辞めてもいいという気持ちになる。

「先生、猫がいます！」

自分が呼ばれたのか、幸が呼ばれたのかわからなかったが、咄嗟に指さされた窓の外を見た。

昔、いとう呉服店で福猫と呼ばれていた白黒の猫に似た猫がいたが、あれから三十年が経っている。同じ猫のはずがない。

急に思い出したことがあった。

「おから猫！」

猫はビクッとして動きを止め、直後、一目散に去っていった。

「先生、おから猫って何ですか」

「あら、知らないの。前津にある猫神社を、おから猫さまって言うのよ」

「はじめて聞きました」

ぽかんとする生徒がいる一方で、別の生徒が口をはさんだ。

「先生、おから猫は、おから猫神社の神様のことですよね。神様が野良猫みたいに歩いたりするでしょうか」

紫苑は言葉に詰まった。

「そうよね。先生の勘違いかしら。おから猫さまが、なんとなく白と黒の猫だと思い込んでしまっていただけかも」

すると幸が、助け船を出すかのように生徒に話し掛けた。

「おから猫さまの神社で祈願すると、願いがよく叶うのよ」

「だったらわたし、図柄の入選を祈願してくる」

生徒との会話は幸に任せて、紫苑は部屋を出た。

急に、おから猫神社で祈願した遠い日の記憶に浸りたくなった。

(ひょっとして、わたしの描いた金鯱の柄が、呉服店の応募で特別賞に入ったのはおから猫さまのおかげだろうか)

(金の鯱が名古屋城に戻ったのも、わが家の暮らしが平穏で豊かになったのも、おから

猫さまのおかげかしら）

なぜ今頃になって思い出したのだろう。

裁縫所の門の外へ出てみれば、路上の先に猫がまだいた。

猫は紫苑の姿を見て少し駆け出し、立ち止まって振り返った。

「おから猫？」

猫は再び顔を前方に向けて駆け出した。

（だとしたら、願いを叶えてくれて、ありがとう）

胸の中で呟いた。

再び裁縫室に戻れば、まだ幸が、多くの生徒に取り囲まれていた。

明治四十三年（一九一〇年）三月に、いとう呉服店は、京町から栄町（さかえちょう）に移転して新装開店をし、白亜の建物となった。壁には、「開店披露大売出し」の垂れ幕が下がっている。

その後、呉服店はいつしか、「いとうさん」とは呼ばれなくなった。上野の店と同じく、「松坂屋（まつざかや）さん」の名で定着した。

最終話　天下人の遺言

一

鶴舞にある名古屋高等工業学校の南には、高さ十メートルほどの堆い八幡山古墳があり、周りには桜の木が何本かあった。明治四十二年（一九〇九年）の春、同学校の土木科を卒業したばかりの小山清孝は、古墳の裾野に桜の花びらの吹きだまりができているのを見ながら、母校へと歩いていた。指導教授だった吉町太郎一の研究室を訪ねるためだ。寒が戻り、トンビコートを羽織の上に重ねている。散髪屋にいったばかりの短髪頭には帽子が温かい。

まだ卒業したばかりにもかかわらず、すでに学校に対して懐かしい気持ちが生じていた。同時に、学生ではなく訪問客として門をくぐるのだという新鮮な気持ちもある。

在学中に、古墳の天辺へ駆け上っているところを吉町教授に見つかって、こっぴどく叱られたことがあった。「古墳に登る奴は、おれの授業を受けさせせない！」などと、ものすごい剣幕だったから、なぜそんなに教授が怒るのか、当時は合点がいかなかった。古墳だろうが小高い山があれば登りたくなる。そもそも、立ち入り禁止の区域なのかどうかも不明だ。

卒業した今、吉町が怒った理由を理解している。教授は先人や歴史、史跡をたいそう大事にする人だ。英国と独逸に留学して西洋土木の最先端を学んだ経験を持つ一方で、日本の古いものに拘って、考え方も古風な人である。

そんな吉町教授が、堀川に架かる納屋橋の架け替えに携わっているので、清孝は少し前から手伝っている。

今日は、教授と現地を調査するために納屋橋に向かう日だ。

研究室の作業台に広げられた橋の設計図は、ほぼできあがっていた。あとは細かい欄干の意匠などを残すのみである。

橋の材質などについて教授の説明を聞いたあとで、一緒に学校を出発した。学校のすぐ西側には広大な公園が開園したばかりで、建築科所属の鈴木禎次教授の設計によるルネッサンス風の円形奏楽堂や噴水塔が公園内に造られている最中であった。奏楽堂の柵にペンキを塗っている学生がおり、まだ完成していないのは明らかだったが、円形舞台の中央ではヴァイオリンを弾きながら踊っている男の姿も見える。公園にて共進会（博覧会）の開催の予定があり、すでに今からお祭り騒ぎの様相だ。

「小山君。建築科の奴らの珍奇な建造物はさておいても、おれは街が変貌していく様子が怖いね。西洋の物真似ばかりして、末恐ろしく感じる」

公園を出たところで吉町が呟いた。

「吉町先生とぼくも、今から街の変貌に荷担するんですよ。恐ろしいなどと言わないでください」

架け替えようとしている新しい納屋橋も西洋風だ。木橋から、耐久性に優れた青銅のものにする。橋台はコンクリートで固め、橋の中央には半円状に突き出たバルコニーもある。

清孝にとっては初の仕事で不安もあった。

教授はあっちの道を通ろうと前方を指し、歩きながら話を続けた。

「先日、大阪の心斎橋の架け替えに携わった知人が、ぼやいておった。役所との交渉が大変で、やたら文句をつけられると。それを聞いたら、なんだかおれは気が削がれた。この仕事、設計図を作ればいいってもんじゃぁないからね」

「でも先生は、交渉が得意だと以前に仰ってましたよね」

「相手によりけりだ」

「話のうまい先生ならば、関係者との調整など問題なく、すんなりいきそうです」

「君の楽観的な考えは、どこからくるのか。そもそもこの仕事は、全面的に君に任せたいのだが。うん、そうしよう。小山君の類い希なる才をもってすれば、納屋橋の架け替えなど、それこそ『問題なく、すんなり』いく！」

「ぼくはまだ学校出たての見習いですから、無理です」

冗談だと思って笑いながら横を見ると、吉町の目が真剣だ。

「できるさ。今から納屋橋の現状調査を終えたら、君に設計図は預けるからね」

言い終えて、吉町がにやりと笑った。

教授の笑顔が怖い。清孝を高く評価してくれていることは以前から感じていて嬉しくもあるが、教授はいったん口にしたら後に引かない人だとも知っている。ほんとうに仕事を全面的に清孝に任せようとしているのではないか。

二人で広小路の県庁前まで歩き、笹島へ向かう電気鉄道に乗った。鉄道の路線沿いの景色が、年々変わっていく。目新しい建物が並び、人通りも以前より格段に増えている。

笹島停車場で電車を降りて、町の様子を眺めながら納屋橋に向かう。道すがら、橋の架け替え手順の話も教授から聞いた。納屋橋の上を走る鉄道は、橋の上流側へ仮の橋を作って線路を敷設し、人の通る道は下流側に仮設橋を作るという。工期は三年以上かかりそうだ。

「県の土木課長に君の名を知らせておくからね。材料と工法を奴らが尋ねてきたら、答えられるようにまとめておいて」

軽く言われた。

「先生、本当にぼくが担当するんですか」

「武士に二言はない」

「先生は武士ではなく、土木科の教授です」

「親父は武士だったから、おれの魂は武士と同じ」

実際、教授の父親は弘前藩士として維新を迎えたと、かつて聞いたことがある。

「ぼくにそんな大変な仕事はできません！」

教授にからかわれているような気がして、語尾を強めてしまった。

吉町の顔が一瞬、険しくなり、清孝の目を見据えた。教授はもう笑っていない。

「君ね、軽々しく『大変な仕事』などと言っちゃぁ、いけないよ。この運河を掘った人のほうが、橋の架け替えよりもうんと大変な思いをしているんだから」

（運河を掘った人？）

三百年も前の話をされても言葉の返しようがない。橋の下の堀川は、一六〇〇年代初頭の名古屋城築城の折に掘削された運河である。運河造りの総奉行は武将の福島正則で、徳川家康の命によるものだ。

「泥にまみれて掘削した人々の苦労を、よくよく考えるがいい。死ぬ思いだったはずだ」

納屋橋に着き、橋の上から川面を覗いた。味噌樽を積んで北上していく小舟が見えた。

吉町は、鞄から設計図を取り出した。

「欄干の装飾などは君が考えて、この図面は君がすべて一から設計したことにしておきなさい」

吉町から押しつけられるようにして設計図を渡された。返す言葉もなく戸惑っていると、吉町が言葉を付け加えた。

「一つだけ注文がある」

普段はあまり聞くことのない厳かな声に、思わず「はい」と返事をしてしまう。

「橋は町の象徴だ。新しい橋は町の景観を変える。町の礎を作ってきた人に、よくよく敬意をはらった上で仕事にあたること」

言い終えて、吉町はぽんと清孝の肩を叩いた。

「これで失礼する。君は現状の橋をしっかりと観察していきなさい。橋の下にも下りてみたまえ」

「吉町先生！」

「相談にはいつでも乗るから。だが、まずは故きを温ねるのがよい。運河を造った人の気持ちになれば、なんだってできるさ」

じゃあ、とでも言いたげに教授は右手を上げて、笹島の方角へ歩きはじめた。

教授の背中が次第に遠のいていくのを清孝は呆然と見続けた。

一人、納屋橋に残された。手に持っていた設計図が妙に重く感じる。

(大変な仕事をもらった)

責任の重さを考えると押しつぶされそうだ。

清孝は川縁へ下りていき、橋台の部分を眺めて吉町の設計図と見比べた。再び橋の上に立って、新しい橋の完成予想図を脳裏に思い浮かべてみるが、頭は真っ白なままだ。

帰ろうと歩を進めたとき、すぐ目前の饅頭屋「伊勢屋」の店先から声を掛けられた。

「蒸かしたてだよ。お兄さん、どう?」

考えすぎて頭が疲れたので、甘いものが欲しい。清孝は銭を取り出して饅頭を一つ買った。

外側の白い生地はあつあつで、甘酒のような匂いがした。その場で口に入れると、中のこし餡の甘さが口に広がる。

「できたてのほやほやで、美味しいでしょう?」

清孝は餡を味わいつつ頷いた。店の女将さんらしき人の顔が、饅頭さながらに、ふっくら、ほっこりとしている。

「あなた、さっきから連れの人と、橋を見つめていたでしょう。何をやっていたの?」

西洋風の橋に生まれ変わると告げたら、女将さんは驚いていた。

「んまぁ、そんなハイカラな橋ができるなら、うちの店は、お客さんがわんさか来るようになるかもね。商売繁盛、大繁盛!」

底抜けに明るい人だ。清孝は、橋の架け替えが周りの店の儲けにも影響を及ぼすのだと実感した。

女将さんは、もう一つ、饅頭を清孝に差し出した。

「いい話を聞いたから、おまけしておくわ。食べて」

有り難く饅頭をいただき、その場で口に入れた。清孝が食しているあいだも女将さんは話し続ける。

「きのうね、ある神社に、商売繁盛を祈願しに行ったばかりなのよ。早速にハイカラな橋の話が聞けて、未来が、ぱぁーっと明るく見えてきた。あの神社の御利益は、すごいわ」

「どこの神社にお参りに行ったのですか？」

「前津のおから猫神社よ」

清孝が子どもの頃に、よく祖母に連れられていった懐かしい神社の名前が出た。

「おから猫神社は、願い事がよく叶うと評判ですからね」

「有名なわりに、謎も多いよね。由緒が不明だし、いったい、いつ頃に建って何が祀ってあるのか、誰に聞いても『知らん』って言われる」

清孝自身、由緒についてはよく知らなかった。

「おから猫神社に寄ってみたくなりました」

突然に大仕事を任せられ、動揺している心を落ち着かせたくなった。

「そういうときは、行くに限るよ。きっとおから猫様が呼んでるんだよ。立派な橋ができますように、ついでに饅頭屋が繁盛しますようにと、祈願してきて」

向日葵（ひまわり）のような大きな笑顔で店の女将さんが、さらに饅頭を清孝に差し出した。

「頼んだよ。もう一つ、あげるから」

三つ目の饅頭を頬張ると、清孝は饅頭屋をあとにした。

神社に向かって歩くあいだ、ずっと新しい橋について思いを巡らせていた。欄干の意匠も任されたとなると、図案を考えなくてはならない。

おから猫神社の前までくると、風でさわさわと葉が重なりあう音がした。

社の屋根に、白と黒の猫がいる。当然、清孝の存在にも気づいている様子だが、逃げる気配がなく、じっとしている。

「おまえ、ひょっとして、おから猫？」

返事がない。猫は細く目を開けて清孝を見たが、さほど興味がなさそうに瞼（まぶた）を閉じた。

猫を起こさないよう、そうっと賽銭（さいせん）を入れる。

（新しい納屋橋が町の人々に受け入れられますように。伊勢屋さんの饅頭が、人気になりますように）

心の中で念じたあと、神社の由来を誰も知らないと女将さんが言っていたのを思い出した。

(誰が何のために猫神社を創建したんだろう)

清孝は声に出して猫に尋ねた。

「ねぇ。この神社はいつからある?」

おでこに黒っぽい模様の入った猫に問いかけた。猫は動かず、ただじっとその場にいた。

「もしかして、おから猫は納屋橋ができた頃のこと、知ってる?」

(聞いたところで、猫が答えるわけないか……)

清孝は「はは」と笑ってみた。肩にかけた帆布の鞄が、書類の重みで肩に食い込んだ。教授に渡された設計図は軽いはずだったが、ずっしりと鉛のごとく重く感じた。

その夜、清孝の夢の中に徳川家康が出てきた。

二

慶長(けいちょう)十四年(一六〇九年)の正月であった。

徳川家康は駿府(すんぷ)から尾張国(おわりのくに)へやってきて、新しい城を築くために土地を検分していた。西国の豊臣秀頼(とよとみひでより)に睨(にら)みを利かす意味でも、早急に巨大な城を築く必要に迫られていた。

生い茂る草木の向こうに、那古野城の廃墟がある。無人の城となっておよそ三十年を経ており、城は見る影もない。外壁は剝がれ落ち、屋根も抜け落ちている箇所がいくつもある。

築城の折には、過去の遺物はすべて取り払うつもりである。

同道していた家臣の山下半三郎が、生真面目な顔で話した。

「那古野城の来歴がやや気になります。城主が今川氏から織田氏に替わってからも長く城に居着かず、すぐに他所へ移っております。土地の障りがなければよいのですが」

案ずるには及ばぬと家康は考える。

織田の人々は、城を奪っては自分のものとする。土地の障り云々どころか、同じ城に長く居続けるなど考えもつかぬ一族である。

「この城に、当初、今川の誰が住んでおったか」

家康は半三郎に尋ねた。

「今川那古野殿（今川氏豊）と聞きました」

過去の記憶を辿った。

「思い出したぞ。駿府の太守様（今川義元）の弟御だ」

家康は八歳の頃から十一年間、今川家の人質として駿府に住んでいた。当時おそらく三十歳前後であったはずの今川氏豊の風貌が、脳裏に甦った。今川義元が桶狭間で斃れる前、駿府の町は京の都と同じくらい華やいでいた。何よりも今川の家そのものが、人を呼んで蹴鞠や和歌の会などを賑やかに催すことが好きであった。今川家に集う人々の着物や装飾品は、色鮮やかで垢抜けており、そんな洗練された集団の一人に氏豊がいた。

家康の泥臭い地道さや忍耐強さとは対極にあり、上品な公家風の男であった。家康がいかなる努力をしてみたところで、身につけられぬ品位、優雅さのようなものを纏っていた。

「今川の屋敷で那古野殿は猫を飼っておった。五十年以上も前の話だ」

家康は、今川氏豊に懐いていた白黒の猫の体毛までも思い出した。

「古い話でござりますな。それがしがまだ、この世に生まれておりませぬ頃のお話」

氏豊の猫は今川の屋敷のあちらこちらへ出入りしていたが、撫でようとすると、するりと躱して逃げる。少し離れて距離をとり、立ち止まる。だが、氏豊だけには妙に懐いていた。猫が氏豊の腕に顎を載せて、幸せそうに抱かれていたのを覚えている。

家康が十二、三歳の頃、今川氏の屋敷で行われた蹴鞠の会を、物陰から覗いていたことがある。鞠が足下に飛んできたので拾い、近づいてきた氏豊に渡した。氏豊との唯一の接点だ。

鞠を手渡したあとで顔を上げたとき、母屋の屋根に氏豊の猫がいて、一部始終を眺めていたかのように見えた。猫は案外、ものごとを観察していると知ったときだ。

「大御所様が昔語りをされるとは、お珍しい」

半三郎が家康の横顔を一瞥し、柔らかく微笑む。

急に家康は我に返った。常に未来を向いて生きると決めている。昔を懐かしむ暇はない。

西の空に目をやれば、鈴鹿の山であろうか、遠くの山の稜線がはっきりと見えている。山の向こうに、牽制をすべき豊臣がいる。

一方で、半三郎は南を眺めていた。

「大御所様、遠くに熱田の湊が見えまする」

声を掛けられ、向きを変えた。

海と空の境がぼやけていた。次第に未来の城下町の景色が、脳裏に浮かんできた。築城と同時に城下町を整えるつもりである。交易の盛んな場所にしたい。

「湊から城まで川を掘らせれば、船の出入りができる。材木や米を運ばせ、川沿いに貯木場、米蔵をつくらせる」

家康は、湊の方角へ指を伸ばした。

「よきお考えと思いまする」

　半三郎が続けた。

「城の北側は崖であり沼地でございますから、敵の侵入を拒む要塞となりましょう。このあたりでいちばんの高台であり、たとえ大雨に見舞われようと、水は東西へ、南北へと流れていきます」

「よし、天下普請じゃ。この地に、徳川の城を建てる！　名古屋城だ。天守の正面は西へ向ける。豊臣のおる方角じゃ」

　黙って頷く半三郎に、家康はたたみかけるように話した。

「川は、福島正則に造らせようぞ。天守の石垣は、加藤清正だ。普請は西国・北国の大名に命じる。前田、毛利、細川、黒田、池田、鍋島、浅野、山内、竹中、稲葉、蜂須賀、金森……」

　大名の名を挙げていると、何かの気配を感じて振り返った。廃墟の屋根上に、獣めいたものが動いている。獣は体を震わせた。

　陽の光を反射して、体毛が輝いて見える。凝視するには遠すぎるが、猫のようだ。

　家康は今川氏豊の猫を思い出したばかりだったので、幻かと思ったとたん、半三郎が言葉を発した。

「猫がおりまする」

　半三郎もまた屋根の上を眺めていた。

「やはり猫だな、あれは」

「ただの野良猫ではありませぬな」

「ただの野良猫でのうて、何だ。物の怪か」

「どことなく舶来の猫、唐猫のように見えただけです」

　草間にいた無数の雉子が、急にせわしなく動き始めた。長い尾をぴんと後ろに伸ばし、遠くへ離れていく。雄鳥は頭の部分だけが赤く、首元は真っ青だ。青から深緑色へと続く多彩な羽の色が、今川の装束に似ていた。鮮やかな色の衣を着けて、蹴鞠をしていた記憶の中の人を連想する。

　雉子が逃げていく。

　冷たい風が吹き、樹木の葉が乾いた音を立てて揺れ動いた。

三

　慶長十五年（一六一〇年）の閏二月半ば（新暦四月）、名古屋城の普請がはじまった。

　天守台の普請を命じられた加藤清正は、桜の大樹のある万松寺境内を本陣として石工衆を統率していた。境内には、菅原道真公を祀った天神様の社がある。

　清正は国許の熊本城をはじめ、四年前に江戸城の富士見櫓の石垣を請け負ったばかりで、職人も熟達している。石垣は、地面から扇のような勾配をつけ、上に行くほど垂直になるように組む。敵の侵入を拒む勾配である。どっしりとした揺るぎなさに加えて、形の美しさにも拘りがある。

熊本から連れてきた石工衆のほかに、石引きの者を大勢集めるための作戦を清正は練った。

「石引きを手伝った者には飯をふるまうぞ」

豪語した。すると名古屋近郊の村の者たちが集まってきた。

大勢が集まると、必ず金儲けをしようと食い物を売る商人（あきんど）がやってくる。清正は水菓子から鰻（うなぎ）の蒲焼（かばや）きまで、すべて買い占めることにした。職人にふるまうためだ。

商人たちが、「金になる」「売れる」と知ったのか、さらにたくさんの食い物を携えて売りにくる。美濃（みの）や三河（みかわ）からも商人がやってきた。

清正は食糧を買い占め、石引きを手伝った者に与えた。噂（うわさ）が噂を呼び、石引きの者どもは日ごとに増え、一万人以上にも達した。

ふんどし姿にねじり鉢巻（はちまき）をした石引きの者たちが、縄をかけられた巨石を修羅（しゅら）（木ぞり）に載せて運ぶ。石が動くたびに、すさまじい地響きがした。

ある日、清正が万松寺で飯を食っていると、福島正則がやってきて、おおいに愚痴った。

「こたびの普請は納得がいかぬ。やっとられん！」

名古屋に来た初日から、福島正則の機嫌は悪い。

もともと酒癖の悪い男だが、素面にもかかわらず、悪酔いしているかのような目つきだ。頰の丸い顔が、いっそう膨れて見える。

熱田の湊から城までの運河の開削を、半年で遂行せよと家康に命じられたと怒っている。

「どんだけ難儀をしたか」

正則が文句を垂れるから、清正は慰めてやった。

「しかしながら、左衛門尉（福島正則）よ、水路はほぼできたじゃあ、ないか」

正則の目が、ますますつり上がった。

「わしの苦労は、おぬしにはわからんだろうよ。大御所は『川をつくれ』と簡単に命ずるが、掘削の普請は途轍もなく難儀であったわ。掘っては崩れる。崩れたところに水が流れ込む」

怒った顔に、疲れも見える。

「いずれにせよ、すでに川ができあがったんなら、そう怒るこたぁ、ない」

「そもそも、これが江戸城なら話はわかる。だが名古屋城は大御所のせがれの城だ。せがれのために、われらは働かされておるのだぞ。まったく腹に据えかねる」

顔を紅潮させ、湯気が出そうなくらいに正則が怒るものだから、清正も愚痴を聞くのに飽きてきた。

「だったら、左衛門尉はさっさと国許に帰るがよい。ここで帰ったら、お家取り潰しとなろうがのぅ。謀反人の扱いじゃ」

「そういうおぬしだって、本音はすぐにでも熊本へ帰りたいだろうよ」

「いんや。わしはの、自ら進んで天守台の石垣を受け持ちたいと丁場割りにまで口を出したんじゃ。天下一の石垣を拵えて、世の中にわしの実力を見せつけてやるんじゃ」

清正の本音だ。石垣を築くことにかけては、誰にも負けぬ自負がある。

「妙な功名心があるもんじゃの」

正則が呆れた顔をしたそのとき、境内の天神様を祀った社の戸がガタッゴトッと音を立てた。風も吹いていないのに、戸が音を立てたのははじめてではない。

「何の音じゃ」

正則が訊いた。

「天神様の社の戸が勝手に開いて、勝手に閉まる音じゃ」

「勝手に開いて閉まるとは、どういうこっちゃ。戸は、勝手には閉まらんだろう」

「それが閉まるんじゃ」

清正は、ここ数日起きている奇々怪々な出来事を話してやろうと思った。

「城の普請をはじめてから、妙な出来事ばかりが起こってな。戸が勝手に閉まるくらいは序の口であって、夜中になると、天神様の社の中から、悲鳴のような声が聞こえてくるのよ。その悲鳴で一睡もできぬ者が少なからずおる」

正則が、粗野な風貌に似合わず恐れをなした顔をした。

「ようも平気でおられるな」

「夜に眠れぬものだから普請中につい居眠りして、怪我人も出とるんじゃ。大の大人が夜中に聞こえる悲鳴が怖くて、眠れんと言うとんのじゃ。腰抜けは一人や二人じゃあ、ない。本陣に寝起きしておる半数が、夜中の悲鳴に震え上がっておる」

ほんの数人を半数だと大袈裟に話したものの、真の話だ。

「そりゃおびえるだろう。誰の悲鳴が聞こえる？　天神さんか？　そもそも男の悲鳴なのか、女の悲鳴か」

正則が顔を突き出して問う。

「男とも女とも判別つきかねる声じゃ。人間の悲鳴とも言い切れぬ。獣の遠吠えのような声にも聞こえる。見るか？　天神様の社を」

「いんや、止す」

正則が即座に拒絶した。

「なんじゃ。左衛門尉も腰抜けか」

肝っ玉の小さな正則に、つい苦笑する。

「見てもしゃあない。おそらく、祟られとるんじゃ」

「祟りだの、怨念だのと言いはじめたら、万松寺なんぞは怨念だらけの寺じゃぞ。そもそも五十年以上前に、総見院様（織田信長）が、親父様（信秀）の葬式で位牌に抹香を投げつけた寺だでな。親父様の怨念と、うつけ者を案じて死をもって諫めた平手政秀の怨念も、その辺を飛んどるわな。ありとあらゆる怨念が、うようよしておるのが名古屋じゃ」

「だわなあ。否定はできん」

正則が天井を見上げていた。霊魂の一つや二つ、飛んでおらぬかと確かめるかのようにあちこちを見渡している。清正は、霊など恐れやしないが、怪奇の因果を知りたい気持ちはある。

「話は境内だけに留まらんのじゃ。本丸の御殿を建てるために、御深井丸に積み上げてあった木曽の檜が、勝手に崩れて散らばったのさ」

「そりゃ、材木の積み方が悪いんじゃあねえか。しっかり固定せんことには、な」

「わしもそう思うたが、熟達した男が監督しとるんじゃぞ。嘘か真か、猫が丸太の上を歩きまわり、積み上げた木材を崩したのを見たという者もおるが、怪我人も出たもんだから丸太の積み方で大喧嘩になった。普請中は、喧嘩両成敗の掟だから、わしはの、喧嘩はなかったことにしておる。丸太崩れの一件は、ひた隠しにしておるんじゃ。猫のせいだということになっておる」

正則は、けけけ、とその日はじめて笑った。

「猫のせいにするとは、たわけた話。猫が今ごろ怒っとるわな。夜の悲鳴は、猫の嫌がらせじゃあないか？　そうに違いない。どれ、わしが天神様のお社を見て調べてやるわ」

正則が自分の膝を叩き、行くぞと言わんばかりに立ち上がった。廊下に待機していた正則の家来が目を見張っている。

「さっきは『止す』と申したじゃあないか」

清正も、正則の心変わりに驚いた。

「気が変わった。社は、どこじゃ。わしが怪奇の因果を暴いてやる」

正則が本気の様子なので、清正は天神様の社へ案内してやった。

古い社である。正則が社の戸に触れ、立て付けを確認したり、戸を開けて中を覗いたりしていた。

「何ら変わったところはねぇな」

「昼間は静かであっても、夜中になると戸が開閉する。悲鳴も聞こえる」

正則が眉を寄せて、戸から手を離した。

「何か、築城を拒む力が働いておる気がする」

四

福島正則らから報告を受けた山下半三郎は、駿府城へ戻るとすぐに家康と面会して、普請場で起きているあらゆる事柄を伝えた。

家康は、「祟り」の噂が気になった様子で、眉根を寄せて問う。

「何の祟りか？　築城の障りになっているものは何か？」

問われても、半三郎には答えようがない。

家康の傍らにいた南光坊天海（なんこうぼうてんかい）が口を開いた。陰陽道（おんみょうどう）に通じた男だ。

「霊媒師を築城の現場へ遣わしたらいかがでしょう。もしも怨霊の仕業であれば、いかなる怨霊か、正体をつきとめられます」

「霊媒師は怨霊を鎮めることもできるか」

家康は抑えた声で尋ねた。

「無論、できまする」

天海の力強い言葉に半三郎は救いを見出（みいだ）し、家康に進言した。

「築城の障りとなるものは、すべて取り除くべきと存じます。いずれ名古屋城の初代城主となられる尾張様（家康の九男・徳川義直）のためにも……」

半三郎は、徳川義直の傅役を仰せつかっており、こたびの築城は他人事ではない。

家康は深く頷き、天海のほうを向いて尋ねた。

「どこぞに、よき霊媒師はおろうか」

天海は視線を遠くに泳がせてから答えた。

「京に、梅女という名の霊媒師がおります。霊を自らの身体に憑依させ、生前にその人物が話した言葉を語ります。梅女が抜きん出ているのは、憑依させる人物が一人ではなく、幾人もの人間を同時に乗り移らせる点です」

「陰陽道に通じた天海殿の薦めとあらば、ぜひその梅女なる霊媒師を遣わせよう」

家康は即決した。

「半三郎よ。再び名古屋へ赴き、梅女が語る言葉を一言も漏らさず聞き取ってきてほしい」

有り難き命を受けた。半三郎自身、謎の現象の因果をつきとめてみたかった。

五月に入って、天守台の石垣がすでに高く積み上がった頃、梅女が築城現場に遣わされた。白い衣を纏い、長い白髪を束ねて背中に垂らした梅女の体は、肉が落ちて骨と皮だけだ。喜寿をとうに過ぎているとの噂があるが、歩く姿は矍鑠としていた。超然として孤高な老女である。

半三郎は梅女を城郭の南東、二ノ丸へと案内した。かつて那古野城が建っていた場所で、今は更地になっている。地面には敷物が用意され、梅女が背中を丸くして座った。しばらくのあいだ、梅女は瞼を閉じ、やがて聞き取れぬほどの小声で何かを唱えはじめ、口を小刻みに動かしていた。

梅女の後方に座った半三郎は、長く梅女の様子を見守っていたが、いっこうに霊が乗り移る気配がないので、しびれをきらした。このまま霊が降りてこず、梅女が何者かの言葉を発せぬままに終わるのではないか。

だが、半刻（約一時間）ほど経ち、急に梅女が激しく身体を震わせた。怨霊が降臨する瞬間だと感じた。胸の前に合わせていた梅女の両手は高く天を突くようにまっすぐに上げられ、すとんと膝まで下ろされた。

梅女がはじめて言葉を発した。

「織田様、明日も、わが柳ノ丸に来てくれますね」

半三郎は梅女の声色に驚いた。外見とは似ても似つかぬ、若い男の清々しい声がする。半三郎の隣には尾張国奉行の原田右衛門ほか数名が座っていたが、急に場が緊迫したのがわかった。

梅女が口にした「柳ノ丸」とは、今川氏豊の城の通称だ。だとすれば、梅女に憑依した人物は、氏豊に違いなかった。半三郎は息を飲み、梅女の次の言葉を待った。

梅女が再び激しく身体を揺り動かした。

さきほどと同じく両手を合わせ、天を突くように指先を伸ばしたまま、すとんと腕を下ろす。もう一人の人物が憑依したように見えた。

「無論、参りますよ。那古野殿の前句に、続けて付句を詠むのが、それがしの大いなる喜びですから」

あきらかに先の声とは異なった低い声が答えている。

(今川那古野殿が、織田信秀と話をしている!)

半三郎は直感し、戦慄した。

声はさらに続く。

「那古野殿の柳ノ丸は、実に気持ちのいい城じゃ」

「お褒めいただき、ありがとうございます」

年若き氏豊が相手に丁寧に礼を言う。

「ただ柳ノ丸には南の壁に、風の通る道がない。わしが壁をくりぬき、風が通るようにいたしますよ。さすれば、城の中も明るくなります」

「え。壁をくりぬくと?」

「明日、腕のたつ職人を連れてまいりましょう」

しばらく沈黙があった。梅女が再び両腕を高く上げ、腰を浮かせると、がくりとうなだれるように座面に着地する。また一人、憑依した者がいるようだ。

「殿。柳ノ丸は殿の城です。織田様の言うなりになって壁をくりぬくなど、無用に存じまする」

　氏豊の家臣の声だと思われた。

「それに殿。織田様は殿に近づき、何か悪い企(たくら)みを持っているようにそれがしには思えます。杞憂(きゆう)だとよろしいのですが。織田様について、あまりよい噂も聞きません」

「織田様のことを悪く言わないでくれ！」

　家臣の戒めに、氏豊はやや立腹した様子だ。

「けして織田様の言うなりになっているわけではない。織田様は、この柳ノ丸のことを思って職人を連れてきてくれるのだ。壁をくりぬき、窓を作れば、風流で明るい城になると進言してくださっている」

「殿が、織田様の勧めに従えば従うほど、織田様は、殿を思いどおりにしようといたします」

「窓を作って、何が悪いのだ！　わたしは尾張に来てからずっと寂しい思いをしていた。だが、織田様が連歌の会に来てくれるようになり、日々に張りができた。連歌の会に参加する者も増え、次第に賑やかになってきたではないか。わたしは皆が楽しめる場を作りたい」

氏豊の孤独な心の内を、半三郎は感じた。

しばらく梅女は俯(うつむ)いたままであった。長い沈黙ののち、再び氏豊の声がした。

「南の窓ができてから、柳ノ丸は柔らかな光が入るようになりました。織田様のおかげです。次はいつお越しいただけますか」

「いつでも馳(は)せ参じまする。次の連歌の会はいつでしょう。年の瀬はなにかと気ぜわしいことでしょうが」

「では年が明けましたら、新春にふさわしい前句と、ご招待の文をお送りします」

氏豊の嬉しそうな声がした。

「天文(てんぶん)七年(一五三八年)は、よい年となりそうです」

信秀の声に、半三郎はどの時代の話かを理解した。

天文七年といえば、およそ七十年前だ。今川氏豊が十代の若い城主であったとは聞いていたが、だとしても七十年を経ているのであれば、氏豊はもう生きてはおらぬだろうと考えられる。

梅女がごくりと唾を飲み込んだ。肩は内側に丸まり、頭が次第に地面に近づいていく。

「織田様。新春の連歌の会に、まことにふさわしい句でござい……織田様！」

梅女の発する氏豊の声が、突然、叫び声に変わった。天文七年の連歌の会で異変が起きたようだ。

「いかがされましたか。織田様。ご気分が悪うございますか。誰か、誰か、織田様が倒れた！」

明らかに取り乱した氏豊の声がした。しばらく間があり、少し安堵した声に変わった。

「あ、気がつかれましたか」

「すまぬ。また急に心ノ臓が苦しゅうなって、周りがわからぬようになった」

信秀の掠れた声がする。

「またと仰るからには、以前にも同じことがおありだったのですか」

「何度もある。だが、次第に苦しくなる間隔が短くなり、実は昨日も同じように胸が苦しくなっての」

「薬師に診ていただいたほうがよろしいです」

「昨日、薬師に会ったばかり。年をとると冬の寒さが身にしみて、心ノ臓が縮こまりやすいとのこと」

「火鉢を増やしまする。火鉢じゃ。城じゅうの火鉢を集めよ」

氏豊が家臣に命令していた。

しばし間があり、信秀の声がした。

「ありがとう存じます。わしの人生、先が短い。こう毎日、胸が痛くなると、ひょっとして明日はもうあの世に行くかもしれぬ。明日ではなく、帰り道に死ぬやもしれん」

「織田様の勝幡城は、遠い。今日は柳ノ丸にお泊まりください。ゆっくり静養なさってください」

「かたじけない。甘えついでに、那古野殿に頼みがある」

「なんでしょう」

「わが家臣たちに、遺言をしたいのです」

「遺言などと縁起でもないことを仰る」

「明日は生きていられるかもわからぬ身ゆえ、この場に家臣を呼び、遺言をさせてもらえぬか」

「遺言はさておき、お体の優れぬときこそご家臣が傍におれば心強いことでしょう。どうぞ何人でもお呼びください。ただ夜具等の支度もございまする。何人のご家臣をお呼びになりますか」

「三十人ほど」

信秀がきっぱりと答えた。

「え。それほど大勢を?」

驚いた氏豊の声がする。

「家臣は夜通しわが身を見張らせるため夜具はご無用。手弁当につき、なんのお気遣いもなされませんよう」

「食事くらいは作らせまする」

「一切ご無用でございまする。急なことで、那古野殿にご迷惑をかけたくありません。明日まで動かずに柳ノ丸で静養させてもらえば、きっと回復いたしますから」

「お体がすこしでも楽になれば良いのですが」

梅女は会話を次々と口から繰り出したあと、沈黙し、やがて身体を大きく揺すった。頭を地に着きそうなくらいに下げたあと、急に背中を反らせて重心を後方に置く。数珠を両手で擦りあわせると、再び別の人物が憑依したのか、飛び上がらんばかりに肩が上がって、すぐに下がった。

「殿！　殿！　起きてください。城の外に兵が潜んでおります。一大事です」

氏豊の家臣の声に違いなかった。

「兵だと？　どこの兵だ」

「織田方の兵に間違いございません」

「織田様の家臣を三十人ほど城内に泊めておるのじゃ」

のんびりとした氏豊の声がした。

「城の外の話です。百人は下らぬようです。天王社(てんのう)、若宮八幡社(わかみやはちまん)にも兵が集結しておる模様です」

また別の声がした。

「火事だ！」

「殿！　離れの屋敷に、火が放たれました」

「何？　離れには、織田様が泊まっておられる。大事ないか」

「殿、目を覚ましてください。柳ノ丸は、織田に乗っ取られようとしておるのです。戦です！　殿は騙されたのです。裏切られたのです。とにかく柳ノ丸からお逃げくださ
い！」

家臣の悲痛な叫びが聞こえた。

「殿、織田の兵力には勝てません。とにかくお逃げください！」

氏豊はようやく状況を把握したのだろう。

「なんと」

短い言葉ながら、半三郎は氏豊の狼狽ぶりを容易に想像できた。織田信秀は、連歌の客を装った城の略奪者であった。

「いったい、これはどういうことですか！」

家臣の反対を振り切って、氏豊が信秀に対峙したようである。

問いただすのが精一杯であった。化け物を相手にした一人の上品な若者だ。

「城はわしがいただく。今日から、この地は織田の城となる。那古野殿にはよくしてもらった。命までは奪わん。城から、いや、尾張国の外へ出ていってもらいたい」

「お、織田様を、織田様を心から信用しておりましたのに……」

へたり込んだのか、苦しそうに息をする氏豊の様子が声から伝わってきた。

「早う城の外へ。焼け焦げるぞ。早う逃げよ。焼け跡には、わしの新しい城を建てる。はっはっは。者ども、焼き払え！」

梅女の口から発せられる織田信秀の言葉に、半三郎は胸が痛んだ。

（なんと酷い仕打ちか）

梅女はしばらく沈黙していたが、やがて目を開けた。憑依しているものが抜けたのか。だが再び瞼は閉じられた。

しばらく経つと梅女はくるりと座る向きを変え、臨席していた半三郎ら徳川家の家臣たちの顔を見回した。

「今川那古野殿の怨霊が、この場に浮游しております。御身は、三十年ほど前に駿府の屋敷で亡くなった。亡くなる前に乱心し、家臣に取り押さえられて幽閉された。幽閉されたまま狭く暗い場所で息を引き取った。誰にも知られず秘密裏に埋葬された。魂は怨霊となり名古屋に舞い戻った。怨霊は今、この近くにいる。かつて城主であった尾張名古屋に固執しておる。城は誰にも渡さぬと言い張っている。時代が移り変わろうとも、徳川殿に、城を乗っ取られたくない思いが強い」

半三郎は、隣にいた原田右衛門と顔を見合わせた。

膝をいざらせて半三郎は梅女に少し寄り、尋ねた。

「今川那古野殿の怨霊を慰め、この地を安らかに保つには、いかようにすればよろしいか」

「怨霊に尋ねてみます」

梅女は再び前方を向いた。

「何を欲するか、欲するところ望むところを伝え給え〜」

梅女は、何度も同じ言葉を繰り返したあと、静かに霊と話をしているように見えた。

「那古野殿は名古屋から京へ逃げ、寺に匿われ、やがて兄である駿府の太守様（今川義元）に庇護された」

梅女は、氏豊のその後を話し続ける。

「駿府に落ち着いたとき、那古野殿は猫を飼い、猫に救われた。だが年とともに名古屋で裏切りにあった記憶に苛まれ、夜ごとに城を奪われた日の悪夢にうなされるようになった。死後、名古屋の地に怨霊として戻り、織田の家を呪い、この場に近づく者を呪う」

半三郎は、梅女なる霊媒師をどこまで信じるべきか、まだ疑念を抱いていた。天海の薦めで遣わされた霊媒師とはいえ、霊媒なる行為につきまとう胡散くささがぬぐいきれない。誰も知らぬはずの七十年前の出来事だ。あらかじめ知り得る事柄をすべて調べ尽くした上で脚色し、創作し、除霊をせねばたいへんな事柄が襲うとばかりに依頼者を恐怖に陥れて稼ぐ類いではないか。

だが、梅女の語る言葉に、猫の話が出たとき、半三郎は梅女の言葉を信じたい気持ちに変わった。家康の口からも聞いた話であり、昨年の検分の際に、那古野城の屋根で猫らしき獣の影を見た。あの猫の影こそ、氏豊の化身ではなかろうか。

梅女は話を続けた。

「那古野殿が欲するところは、信頼と安寧。猫のごとく気ままに生き、生前に叶えられなかった夢、つまり多くの人に喜びを与えることを、神として成し遂げたいと言うておる」

梅女が「神」の部分のみ強く言葉を発した。

「怨霊を神にするには、いかようにすればよろしいか」

半三郎が尋ねた。

「神社を創建して、神として祀ればよい。怨霊は神に昇華する」

「すると、怨霊は祟らず、この尾張名古屋の地に安寧をもたらしてくれるでしょうか」

国奉行の原田右衛門が問いかけた。

「わかっておらぬようだが、祟りとは、人の心がつくるものじゃ。何かうしろめたい事柄があるから、祟られたと感じる。怨霊は、人に喜びを与える神となったと、そなたらが心から信じ、神を崇め奉れば、祟りとは無縁になるじゃろう。そなたらは、過去の名古屋の地で、過去の人たちのうしろめたい気持ちを、噂話から流行り病さながらに伝染された。ゆえに何かあれば、すぐに祟りだと恐れる。今やるべきは、昔の人の怨念を鎮め、神として祀り、新しい名古屋を守ってくださる神になっていただくよう、心の底から願うことではないか。怨霊は泰平を守ってくださる神になった、そう信ずれば、この地は確実に変わる」

霊媒師から説教された気分になったが、頷ける話でもあった。

「いかにも、おっしゃるとおりだ」

半三郎は賛同し、続けた。

「われらは神社を創建し、この先、大御所様のご子息、尾張徳川家代々が未来永劫、領主として国を治めていかれるよう祈願いたそう」

半三郎の意見に、その場にいた皆が同意した。

役目を終えた梅女がゆっくりと立ち上がった。足がもつれて、よろけた。

「大事ござらんか」

原田が梅女の傍に寄った。

「疲れて死にそうじゃ。霊媒ほど疲れるものはない。ふらふらだ」

茶を持て来たる僧がいた。

梅女は再び座って、差し出された茶を一気に飲み干した。

五

家康は、駿府城で山下半三郎の報告を聞くと、ただちに神社を創建して、怨霊を神に昇華させせよと命じた。

半三郎から聞いた梅女の霊媒師としての力量には感服した。梅女が知り得ないはずの話も辻褄（つじつま）が合っており、作り話とはとうてい思えなかった。

「総見院様の父御ならば、やりかねぬ城の奪い方である。総見院様の万松寺でのお振る舞いとてもわからんでもない。親不孝な『うつけ者』の粗暴なる行為と、一言で片付けられるほど単純な心境でもなかったろう」

信長の胸の内の複雑さを、家康は知っている。信長の強さは、胸の内なる恐れの裏返しである。常に恐れや弱さを隠そうとする人であった。心の内をさらけ出さぬから余計に、人に恐怖を植え付けた。家康自身、信長にはずいぶんと苦しめられた。

かつて長男の信康（のぶやす）と正室の瀬名（せな）が、武田（たけだ）に内通していると信長に責められた。結果、子と妻を自害に追い込むことになった苦い過去を一日たりとも忘れたことはない。

「万松寺は、静かな南のよい場所に移して、厚遇するがよい」

家康は半三郎に命じた。

「ちょうど清須から移転します寺を集め、城下町の南に『寺町』を作る予定です。万松寺も寺町におさめます」

半三郎は懐から地図を取り出し、広げた。名古屋城築城にあたり、清須の寺社は名古屋に移転する。民も引っ越しをさせる。

「問題の、怨霊から神に昇華させる神社を、どこに造るのがよろしいでしょう」

「その神社は、城の南の、静かで気持ちのよい場所に建てるのがよいだろう」

「ならば、前津あたりがよいと存じます。晴れ渡った日に、かすかに富士の山が拝める場所です」

半三郎がすでに決めていたかのように、はっきりと答えた。

「尾張から富士の山が見えるか？　遠すぎて、見えぬだろう」

「心の目で見ると、くっきりと見えます」

「それを言うなら、駿府ほど富士が大きく見える地もない」

家康は、たとえ雲がかかっても富士をいつも肌で感じている。

「問題があれこれと片付けば、尾張名古屋もよき泰平の国となりましょう」

「しかしながら、今川那古野殿も気の毒であったな」

家康の脳裏に、今川氏豊の顔がおぼろげに浮かんだ。

「今後は怨霊から神となり、人々に幸せを与える側になるでしょう」

半三郎がいくぶん安堵したような笑みを見せて地図をたたんだ。

「わしも死んだら、神になるでな」

宣言すると、半三郎が少し困った顔をした。

六

新しい城下町ができ、清須から移り住んだ数多くの民が、ようやく新天地での暮らしに馴染み始めた頃であった。

名古屋に住み始めた町人の熊五郎は、清須の地でも親しかった吉蔵といつものように戸外に出て喋っていた。木々の葉が萌え出でて、家の中に籠もっていては、もったいない気持ちがする。

「徳川の大御所様（家康）が考えなさることは、わしらぁ庶民とは規模が違うな」

「寺も橋も、ごっそり清須から名古屋に移されるとは思わなんだ」

「城下町の南に、寺ばかり建ち並ぶ『寺町』があると聞いた。城の普請現場近くにあった万松寺も、寺町に移されたと聞いた」

「見に行こか」

名古屋へ引っ越してきたばかりの熊五郎は、ようやくあちこちに足を延ばす余裕も生まれていたが、土地勘はない。

「どこらへんかわかるの？」

吉蔵が首を傾げた。

「南っちゅうから、お天道様の位置と見比べて、まっすぐ行けばいいだろうに」

「そうやね」

当てずっぽうで南に歩き始めた熊五郎は、吉蔵とともに結局迷ってしまった。だが、天気もいいので町歩きがここちよい。

「ほんとうに南なんか？」

「わしら、道に迷っとるかな」

「はじめっから、どのくらい南に行けばよいのかもわかっとらんし、適当に歩くしか、しゃぁないわな」

吉蔵も熊五郎に劣らず、暢気者だ。だから気が合う。

「この辺は木が多いから、どっちに向かって歩いておるかも、もはやわからんぞ」

やがて真新しい鳥居を見つけた。鳥居をくぐれば、小さなお社があった。

「なんだ、この神社は？」

新緑に包まれるように建つ小さな神社が、妙に神々しい。

「真新しいな」

吉蔵が鳥居に手を触れた。

『猫神社』と書かれている木の看板が、無造作に鳥居の柱に立てかけてあるのみだった。上部には注連縄が掛けられ、縄に付けられた紙垂が光に照らされて、白く清々しい。

「お参りして行こか」

素通りできぬ気持ちになり、熊五郎は吉蔵を誘った。

すると突然、吉蔵が声を上げた。

「猫がおる」

「どこに？」

「社の屋根の上」

白と黒の体毛の猫がいた。

「毛並みが上等だ。ふさふさして艶やかだ」

「ありゃぁ、唐猫じゃあねぇか？　和猫にしては毛が長いし、なんちゅうか品がある」

「どっから来たんやろうかね」

社の前で立ち止まった熊五郎は猫と目が合った。猫が屋根から覗き込むように二人を見ている。

「猫神社ってのは、猫がおるから猫神社か」

「誰が建てたんだろうなぁ」

「猫神社で、人間が望むところを祈願してもいいかのう」

「神社で願ってばかりじゃあ、あかんに。人間は自分が得することばっか考えとっちゃ、あかんのさ」

「吉蔵さんは、できた人間だなぁ。わし、吉蔵さんみたいな境地にはまだまだ到達できぬわ」

「日頃の感謝を神様に伝えればよいのさ」

「感謝ねぇ。感謝はしとるけど、今日は猫のために祈ってやろう」

熊五郎は社の前で掌（てのひら）を合わせた。

「屋根の上の猫に、いいことがありますように。猫が幸せに暮らせますように」

熊五郎の祈りの言葉を聞いた吉蔵が、声をたてて笑った。

「結局、祈願だな。うん、それもよし。わしも祈願したる。屋根の上の猫に、ご加護がありますように」

吉蔵の言葉と同時に、熊五郎はもう一度目を閉じて合掌した。目を開き、屋根の上を見ると、もう猫の姿はなかった。

「消えた」

「足音もしなかったな」

猫神社の鳥居まで来て、もう一度振り返った。

「猫はやはり、立ち去ったようだ」

熊五郎は足を止め、立てかけてある看板を見た。

「さっきの猫、やっぱり唐猫だよな」

「唐猫がどんなもんだか、わし、見たこともないで知らんけど」

「唐猫は高貴な猫だ。尊ぶべき猫だ。唐猫のいる神社って書いとこか。次に来る人のために」

「どこに書くの？」

「看板さ」

熊五郎は鳥居の前に立てかけてあった看板を手にとった。懐から矢立（やたて）を取り出して、『猫神社』と書かれた上に、平仮名で「から」の二文字を付け加える。

「高貴な猫ならば、尊敬を込めて『御』をつけたらどうだい？」

吉蔵が提案した。

「おから猫か」

熊五郎は、「から」の文字の上に、「お」を書き足した。看板を再び鳥居の前に置くと、境内を出て、再び歩き始める。

「清須を離れるときは寂しいと思ったものの、新しい土地での生活も悪くないねぇ。日々、発見がある」

「早う、寺町を見つけに行くぞ」

「あ、寺の屋根らしき物が、もう見えとるわ」

足取りが軽くなった。

七

元和二年（一六一六年）の正月である。

南光坊天海は、家康の傍らにおり、六年前の名古屋城築城の頃の話をしていた。

「おぬしの薦めで名古屋に遣わした霊媒師の名を何といったか」

物覚えの良い家康が人の名を忘れるとは、珍しいこともあるものだと天海は不思議に思った。天海は家康より六歳年上で、すでに八十を超えている。

「霊媒師は、梅女という名でございます」

答えると、家康は膝を打った。

「そうじゃった。山下半三郎が申すには、その梅女とやらが怨霊を鎮めたのち、怪奇はぴたりと止まったようである」

「お役に立てまして、よろしゅうございました」

「梅女の意見に従い神社も創建したら、『おから猫神社』などと呼ばれて大勢の民がお参りにくるようになったらしい。そのためか、城下町には事件の一つも起こらず、実に平穏と聞いた」

　家康は満足そうに笑ったが、どことなく顔色が悪いのが気にかかる。胃ノ臓あたりを、しきりにさすっている。

「大御所様。胃ノ臓が痛みますか」

「わしはもう自らの命がさほど長くないと悟っている。天下泰平を実現するまでに、いったいどれほどの苦労を重ねてきたか。そりゃ、胃ノ臓も悲鳴をあげるわな」

　天海は、家康の体を案じた。

　同年四月二日。

　天海が再び家康の元に呼ばれ駆けつけると、家康は床に臥せっていた。聞くところによれば、先日面会した数日後に鷹狩りに出掛け、駿河の田中城で天麩羅を食べてからずっと気分が悪いという。

　呼ばれたのは、天海のほかに、本多正純と金地院崇伝だ。

（こんなに弱った大御所様を見たことがない）

　天海は、家康に死が迫っていると感じた。枕元に寄ると、家康が掠れた声を出した。

「遺言をする」

　あたりは、しんと静まり厳かな空気に包まれていた。

「わしが死んだら、亡骸は、久能山に納め、葬儀は増上寺で行い、位牌は三河の大樹寺に納め、一周忌が過ぎたら日光に小さな御堂を建てて勧請せよ。わしは関八州の鎮守となる」

　天海は、家康の遺言を紙に書き取った。床の家康は蒼白な顔をしている。目は天井を向いたまま、口だけ動いているが、声に力はない。

「それから、日光に小さな御堂を建てたら、そこには、守り神の猫を……。御堂に眠っている猫の意匠を……」

　天海は、はたと聞き書きの手を止めた。

　家康がわずかに咳き込んだ。医師の宗哲が水を飲ませようとするが、家康は拒んだ。

　遺言は続けられた。

「御堂に猫を飾れ……。雀がおるのに、猫が寝ておる……泰平の世とはそのようなものだ」

　家康が最後の力を振り絞って話すのを、厳粛に黙って受け止めるのみである。だが、天海は、家康の真意を測りかねた。家康はすでにこの世とあの世の間を彷徨って朦朧としているようだ。

それから十五日後の元和二年四月十七日。家康は息を引き取った。享年七十五であった。

家康の死後、天海は本多正純に尋ねた。

「大御所様が遺言された折に、御堂に猫を飾れとの話、あれはどういう意味でありましょうか。雀と猫の話をしておられた」

猫の話が、天海の心に引っかかっていた。

「それがしこそ、天海様にお訊きしようと思うておりました」

「側近中の側近であられる本多様にわからぬ事が、拙僧にわかるはずはございません」

「困り申したな。大御所様が猫好きだというのは、聞いたことがありません。御堂には猫を飾れ、と仰せになった意図はなんでございましょうな」

口にしながら、名古屋に建立された猫神社の話が頭を掠めたものの、結局、猫の話はうやむやになってしまった。

家康が逝去すると、家康には「東照大権現（とうしょうだいごんげん）」の神号が与えられた。江戸城の鬼門にあたる日光に、二代将軍秀忠（ひでただ）の命で東照宮が建てられたが、猫の飾りはなかった。

それから二十年が経ち、三代将軍の徳川家光（いえみつ）の治世となった折に日光東照宮は改築された。猫の彫刻が施されることとなった。

いったい誰が猫の飾りについて、家光の耳に入れたかは不明である。家康が自ら生前に、孫の家光に伝えていたのかもしれない。

『雀がおるのに猫が寝ておる。泰平の世とはそのようなものだ。その意を酌んで、猫の飾りを彫ってほしい』

家光から彫刻を命じられたのは、江戸城大工棟梁の娘婿である左甚五郎だ。

甚五郎は、「眠り猫」なる作品を彫った。日光東照宮の潜り門の、かえるまたに設えられた。

眠り猫の裏側には、二羽の雀が彫られた。竹林にて羽を広げ、語り合っているようにみえる。眠り猫は、白と黒に彩色された。おから猫に風貌が酷似していた。

八

小山清孝は目を覚ました。壮大な夢を見ていた。

今、どこにいるのか。いつも寝起きしている家の天井だと気づくまでに時間がかかった。

意識は現世に戻ったものの、瞼を閉じれば再び夢の世界に引きずり込まれそうだった。夢の中で見た景色が、まなうらに残っていた。

今川氏豊なる男が城を奪われて怨霊になったり、その怨霊が猫神に昇華して守り神となったりしていた。氏豊にしろ、家康にしろ、昔の人の平和を求める願いが、苦しいほど胸に迫ってきた。

（ひょっとして、おから猫が過去を見せてくれたのか）

階下で庭に面した戸を一枚ずつ開け、戸袋にしまっていく音が聞こえる。もう起きる時間なのはわかっていたが、再び目を閉じた。

年月の移り変わりと同時に、風景も変わっていく。町の土台を築いてきた人、この町に生きてきた人の思いが積み重なって、新しく町ができていく。

布団を蹴飛ばし、勢いをつけて飛び起きた。

それから二年が過ぎて、吉町教授は九州の大学へ赴任することとなった。もしかしたら、だいぶ前から決まっていて、だからこそ納屋橋の仕事を清孝に引き渡したかったのかもしれない。

慣れぬ仕事だったが、役所も鉄工所の人たちも協力的で、四年の歳月を経て、大正二年（一九一三年）五月に新しい納屋橋は竣工（しゅんこう）した。

橋長十五間（けん）（約二十七メートル）、幅十二間（約二十二メートル）、中央の二間四分（約四・四メートル）は鉄道の線路部分であり、線路をはさんで左右の各三間（約五・

五メートル）が車道、さらに外側の左右各一間八分（約三・三メートル）が、歩行者のための道である。橋には十六カ所に街路灯が設置された。

工事の進捗を見に行くたびに、「伊勢屋」で饅頭を買ったから、すっかり店の人には顔を覚えられた。

新しい納屋橋の竣工式は、盛大に行われた。

橋の近隣に住む者のうち、父・子・孫と三代揃った家族が渡り初めに招待された。「伊勢屋」の女将さんも、親夫婦と、息子夫婦と一緒に渡り初めに参加していた。華やかな着物を着て、ずいぶんとはしゃいでいた。

清孝も、橋の建設に関わった者として渡り初めの式典を傍らで見守っていた。

式典が終わり、大勢の人がなだれこんで橋の上が渾然となったとき、清孝のところへ「伊勢屋」のお女将さんが近寄ってきた。

「お兄さんが話していたとおり、実にハイカラな橋ができたね。わたし、この橋は大好きだわ。次第にできあがっていく橋を毎日、店の二階から眺めていたよ。昨日は、街路灯の点灯実験をやっていてね。夕暮れに街路灯がぼわっと明るくなるのを見たとき、わたし、じわーっと幸せを感じた」

女将さんの話を聞いて、清孝の心にも街路灯が点ったような気持ちになった。

「わたしの好きな文様は、ここよ。家紋でしょ？」

　女将さんが手招くほうへ清孝は歩を進めた。半円状に突き出たバルコニーの中央にあるのは、福島正則の中貫十文字の紋である。堀川を掘削した福島に敬意を表して、家紋を図案化した。

　清孝の発案だったが、役所の人も鉄工所の人たちも賛成してくれた。かつて清孝の夢に出てきた福島は、加藤清正に愚痴をぶつけていた。よほど堀川の仕事が大変だったのだろうと想像できる。

　橋に意匠された家紋は福島の中貫十文字だけではない。鉄工所の中島彦作さんが、「地元ゆかりの三英傑（信長・秀吉・家康）の家紋も入れようよ」と言って、鉄を溶かして作ってくれたので、バルコニーの側面の鉄板には、三英傑の紋も入っている。

「よく家紋だとわかりましたね」

「だってみんなが、そう言ってるもん」

　女将さんの目が上機嫌に笑っている。

　周りを見渡せば、渡り初めの式典に参加した人たちの笑顔が、どの顔もまぶしい。

　大勢の人が喜んでくれる仕事に携われたことが、清孝は嬉しかった。

「今日は店で御神酒をふるまうの。お兄さんも飲んでって。饅頭と酒って意外と合うのよ。うちの店の饅頭の生地は酒種だから、合うに決まっとるけどね」

「ではのちほど、うかがいます」

話していると、北の方角から路面電車が走ってくる気配がした。頭上の送電線がたわむ。電車も今日が渡り初めだ。皆が線路を避けて歩道に寄っていく。

そのとき、清孝のいる場所とは反対側の街路灯の台に、一匹の白黒の猫が飛び乗るのを見た。

(おから猫?)

視界を路面電車に遮られた。電車の窓から大勢の人が手を振っている。手を振りかえし、やがて電車が笹島方面に走り去ったときには、猫の姿は消えていた。

主な参考文献

『名古屋叢書第十四巻　文学編（一）』名古屋市教育委員会編、名古屋市教育委員会、一九六一年
『復刻版　名古屋市史（風俗編）』愛知県郷土資料刊行会、一九七九年
『新修名古屋市史　第三巻』新修名古屋市史編集委員会、名古屋市、一九九九年
『新修名古屋市史　第四巻』新修名古屋市史編集委員会、名古屋市、一九九九年
『名古屋叢書三編　第十四巻　金明録』名古屋市蓬左文庫編、名古屋市教育委員会、一九八六年
『名古屋市博物館資料叢書3　猿猴庵の本　北斎大画即書細図・女謡曲採要集』名古屋市博物館編、名古屋市博物館、二〇〇四年
『明治の名古屋人』名古屋市教育委員会、一九六九年
『宇都宮氏経歴談』交詢社編、一九〇二年
『名ごりの夢』今泉みね、平凡社、二〇〇九年
『名古屋市博物館企画展展示図録　名古屋の商人　伊藤次郎左衛門　呉服屋からデパートへ』名古屋市博物館編、名古屋市博物館、二〇〇三年
『松坂屋百年史』松坂屋百年史編集委員会編、前史監修／鳥居和之、松坂屋、二〇一〇年
『写真図説　明治・名古屋の顔』服部鉦太郎、六法出版社、一九七三年

解説

大矢博子

本書に登場する「おから猫神社」は、現在の名古屋市中区大須、市営地下鉄上前津駅の近くに実在する神社だと思われる。正式な名前を「大直禰子神社」という。祀られているのは大和一之宮・大神神社の初代神主である大直禰子命であって猫ではない、という但し書きが書かれた駒札が立っている（二〇二四年一月現在は、風雨に晒されてかほとんど判読できない）。

なぜわざわざそんな駒札があるかといえば、猫の神社だと思われているからに他ならない。実際この神社は、江戸時代から「おからねこ」の名で親しまれてきた。中区丸田町交差点の南西角には江戸時代の道標が保存されており、そこには、南に行けば熱田（神宮）だとか北は法花寺道だとかに交じって、「西　矢場地蔵　おからねこ道」と記載されているのだ。

おから猫の由来は諸説ある。たとえば本書にも登場する高力猿猴庵『尾張名陽図会』には狛犬のことを「からねこ」と呼んだという話と、お堂が荒れて境内の榎も朽ちて根だけが残ったのを「おからね」と呼んだという話が紹介されている。また、『作物志』（文化九年）の「異獣」と題された項で、石橋庵真酔はこう記している。

城南の前津、矢場の辺に、一物の獣あり。大きさ牛馬を束ねたるが如し。背に数株の草木を生ず。嘗ていずれの時代よりか、此所に蟠て寸歩も動ず、一声も吼ず、風雨を避ず、寒暑を恐れず、諸願これに向て祈念するに、甚掲焉し。然れども人、其名を知らず、形貌自然と猫に似たる故に、俚俗都て御空猫と称す。（句読点は引用者による）

そう、本書の「序」に書かれているのは、これのことだ。だからこの序と、畳職人と遊女の恋を不思議な猫が取り持つ第一話「盆踊りは終わらない」を読んだとき、なるほど、市井の人々の願いをおから猫神社の猫が叶えてくれるファンタジーの連作なのだな、可愛い話だなあ、と思った。

ぜんぜん違った。

いや、猫が願いを叶えてくれるファンタジックな要素がないわけではない。どの話も、市井の人々のささやかな願い――恋愛、出世、仕事、幸せなどを猫が叶えてくれる（ようにみえる）物語であることも間違いない。しかし本書の芯にあるのは、おから猫への祈りを通して浮かび上がる尾張の歴史だ。

たとえば前述の第一話「盆踊りは終わらない」では、畳職人と遊女が盆踊りの夜に愛を育み、しかしそれが心中未遂へとつながっていく話だが、これは実説が残っている。なによりも、ここで描かれるのは江戸が徳川吉宗の倹約令で汲々としていた享保年間に、尾張には遊郭が立ち並び盛大な盆踊りが行われていたという史実である。吉宗と何かと比べられる、第七代尾張藩主・徳川宗春の時代だ。庶民を縛ることをせず、むしろ遊びを奨励して尾張の景気を爆上げした。

第二話「からくり山車と町奉行」は第一話から七十八年後、文化八年（一八一一年）が舞台。尾張の毎年の行事であるからくり山車祭の日に火災が起きる。人々を避難させるには祭を中断するしかないが、東照大権現の命日に行われる尾張徳川家の大切な神事を中断して良いものか――町奉行・田宮半兵衛の決断が描かれる。現代も尾張各地に受け継がれる祭の描写もさることながら、ある夫婦がからくり人形を作るくだりもポイント。夫の師匠である玉屋庄兵衛というからくり人形師は享保年間に宗春によって尾張に招かれた人物だ。その名は受け継がれ、現在は九代目が活躍している。なお、町奉行・田宮半兵衛も実在の人物だ。

第三話「北斎先生」は文化十四年（一八一七年）。葛飾北斎が尾張を訪れ、現在の本願寺名古屋別院で行った「大だるま絵」のパフォーマンスがモチーフだ。北斎の有名な

「北斎漫画」の初編は尾張で刊行されたということは意外と知られていないのではないだろうか。また、弟子の墨僊が北斎を富士山が見える不二見原（現在の名古屋市中区富士見町）に案内する場面は、「富嶽三十六景」の尾州不二見原誕生の瞬間だ。

第四話「河童の友人」はさらに時代が下って嘉永三年（一八五〇年）。蘭学を志すふたりの青年、柳河辰助と宇都宮鉱之進が尾張名古屋の西洋学館で出会う場面から始まる。浦賀にペリーが来航して世間が騒がしくなる中、江戸の尾張藩邸から起爆実験に呼ばれたのは宇都宮だった。なぜなら彼は藩士の息子で、辰助は町人だったから――。柳河辰助は後の柳河春三。英語、オランダ語、フランス語に通じ、江戸幕府の洋学教育機関である開成所で教授を務めた。宇都宮鉱之進は後の宇都宮三郎。それまで舎密学や精錬と呼ばれていた学問について「化学」という呼称を普及させた人物である。ふたりは明治三年に辰助が亡くなるまで交流を続けた。

そんな武士や町人という身分がなくなる時代を描いたのが第五話「いとうさん」だ。明治五年（一八七二年）、旧藩士の妻・紫苑は生活のためいとう呉服店の仕立てを請け負う。さらに呉服の新たな意匠の募集に対し、紫苑は最後の藩主が新政府に献納してしまった名古屋城の金鯱が戻ることを念じて金鯱の意匠を考案する――。これは名古屋の人々が金鯱を取り戻すまでの物語であり、女性が外で働くようになった時代の物語でもある。その仕事のひとつとして紹介される愛知県織工場は現在の名古屋市東区にあり、今は幼稚園になっている。明治維新によって職を失った尾張藩士の子女に製織技術を学ばせるためにつくられた工場だ。また、士族が力を失う中、町を支えた商人の姿もポイントのひとつ。いとう呉服店のその後は、作中の最後で触れられるように、お馴染みのあの百貨店である。

こうしてみると、ただ庶民の願いを描いただけではなく、本書が江戸中期以降の尾張の歴史を辿っていることがわかるだろう。おから猫と庶民の関係を描くだけならこのような趣向にする必要はない。著者はなぜこうして江戸中期から明治末期までの長いスパンの物語にしたのか。それがわかるのが最終話「天下人の遺言」だ。

この話の舞台は明治四十二年（一九〇九年）。納屋橋の架け替えに携わる青年がある夢をみる。その夢には納屋橋のかかる堀川を掘削した福島正則、その盟友で名古屋城の石垣をつくった加藤清正、そしてそれらを命じた徳川家康が出てきて……。

詳細は本編をお読みいただきたいが、ここに描かれるのは先人への敬意であり、歴史を継承するということの意味だ。ここに川があるのも、橋があるのも、城があるのも、それをつくり、守ってきた人がいるからである。第一話の盆踊り、第二話の祭やからくり人形もそうだ。第三話で描かれる出版文化も、浮世絵もそうだ。第四話の学問も、第五話の仕立て仕事や今も残る呉服店も、すべて、誰かが始めて、誰かが受け継ぎ、そしてずっと伝えられている文化であり歴史に他ならない。現在は現在としてのみ存在しているのではなく、すべてが歴史の積み重ねであること、そしてその積み重ねられた歴史のすべての層に、名もなき庶民たちの懸命に生きる姿や日々の泣き笑いがあったことを、本書は伝えているのである。

どの話にも登場するおから猫がその象徴だ。ファンタジー設定はちょっと横に置いて考えれば、一匹の猫がそれほど長生きするはずもない。しかしどの猫も同じ模様で、まるで同じ猫がずっと尾張の人々のそばにいるかのように見える。これは、前の時代からずっとつながるものがある、ということのメタファーになっているのだ。

この物語は尾張が舞台だが、歴史の継承の結果として現代があるというのはもちろん尾張に限った話ではない。たとえば門井慶喜『家康、江戸を建てる』（祥伝社文庫）を読めば、東京の街並みが江戸を継承したものであることがよくわかる。浮穴みみ『楡の墓』（双葉文庫）を読めば、北海道の開拓がいかにして現代につながっているかが浮かび上がる。万城目学『八月の御所グラウンド』（文藝春秋）は現代小説だが、京都という町には地層のように積み重なった歴史があることがファンタジーの手法で描かれる。

祀っているのは猫ではなく大直禰子命です、と神社が駒札を掲げても、庶民に根付いたおから猫の印象は今もって消えていない。なぜなら、それが継承された歴史だからだ。間違った俗説を広めているようで大直禰子神社にはたいへん申し訳ないことかもしれないが。

その継承された歴史を今のわたしたちに伝えてくれるのが、歴史小説なのである。本書を読んだあとで名古屋の街を歩けば、風景が少し違って見えるに違いない。

（おおや・ひろこ　書評家）

本書は、左記の作品を、加筆・修正したオリジナル文庫です。

初出誌「小説すばる」
第一話　盆踊りは終わらない　二〇二〇年八月号
第二話　からくり山車と町奉行（「山車からくりと町奉行」改題）　二〇一八年一月号
第三話　北斎先生（「おから猫」改題）　二〇一七年三月号
第四話　河童の友人（「暴れん坊と河童」改題）　二〇一八年十一月号
第五話　いとうさん　二〇二一年三月号
最終話　天下人の遺言　二〇二一年十一月号

本書はフィクションです。

本文デザイン／bookwall

集英社文庫　目録（日本文学）

集英社文庫

おから猫（ねこ）

2024年３月25日　第１刷　　定価はカバーに表示してあります。

著　者　西山（にしやま）ガラシャ
発行者　樋口尚也
発行所　株式会社 集英社
東京都千代田区一ツ橋2-5-10　〒101-8050
電話　【編集部】03-3230-6095
【読者係】03-3230-6080
【販売部】03-3230-6393（書店専用）

印　刷　TOPPAN株式会社
製　本　TOPPAN株式会社

フォーマットデザイン　アリヤマデザインストア　　マークデザイン　居山浩二

ISBN978-4-08-744631-9 C0193